ZUM AUTOR

DER AUTOR VON VIDEOMAN IST
HARALD PILLHOFER

GEBOREN 1970 IN NEUNKIRCHEN / NÖ

EINIGE MASSGEBLICHE STATIONEN IN SEINEM
LEBEN DIE EINFLUSS DARAUF *HATTEN* DASS ER
SICH VIDEOMAN   ERDACHT HAT :
NATURLIEBHABER -SCHWAMMERLFREUND/
KELLNER /KOCH/HOTELKAUFMANN
MEISTERBRIEFINHABER /   GENIESSER /
KÜNSTLER (STEINSKULPTUREN,HOLZ –
STAHLARBEITEN, BILDER)/
EX SPECIALFORCESSOLDAT

MARATHON-BERGLÄUEFER /
FALLSCHIRMSPRINGER / RENNRADFAHRER –
MOUNTAINBIKER / APNOETAUCHER / ALPINIST /
FERNWEHGEPLAGTER VIELREISENDER.............

FANTASIEVOLLER TRÄUMER MIT
REALITÄTSBEZUG

VIDEOMAN

VORWORT

AM ANFANG WAREN DIE IDEEN

VIELE IDEEN

DIE MENGE DER GEDANKEN NAHM KAUM EIN ENDE

SO BESCHLOSS ICH VOR CA 20 JAHREN

DIE VIELEN GEDANKEN ZU BÄNDIGEN IN DEM ICH SIE ZU
PAPIER BRACHTE

VIELE HUNDERT ZETTEL UND NOTIZEN FANDEN NUN IHR ZIEL
IN DEN VIDEOMANBÜCHERN

INSPIRIERT VON FILMEN WIE: DIE TRUEMAN SHOW

EDTV – BIG BROTHER ... GEPAART MIT MEINER REISELUST
KAMEN DIE GEDANKEN ANS TAGESLICHT

GEDANKEN WIE ES MÖGLICH IST DIE WELT ZU BEREISEN

ABENTEUER ZU ER UND ÜBERLEBEN

INTERESSANTE MENSCHEN ZU TREFFEN

SPORT IN VERSCHIEDENSTEN FORMEN AUSZUÜBEN.........

UND MIT ALL DIESEN GELEBTEN TRÄUMEN

GELD ZU VERDIENEN

EIGENTLICH WOLLTE ICH ES NUR FINANZIERT HABEN

BEI DEN VIELEN IDEEN DIE ICH HATTE

WURDE MIR ABER BALD KLAR

DAS WÜRDE ETWAS GANZ GROSSES WERDEN

VIDEOMAN

SO SOLL ES HEISSEN

VIDEO – SEHEN

WIE ICH ES EINST IM LATEINUNTERRICHT GELERNT HABE

MAN – DER MANN ENGLISCH

DURCH DIE AUGEN DES VIDEOMAN

DIE WELT IN ALL IHREN FACETTEN SEHEN

ALLES LIVE RUND UM DIE UHR

DAS REVOLUTIONÄRE AN MEINEM PROJEKT WAR DIE
RADIKALITÄT, IDEENVIELFALT, DIE
„GESAMTKUNSTWERKLICHEN" EIGENSCHAFTEN VON
VIDEOMAN

EIN ABSOLUT GLÄSERNER MENSCH

DESSEN LEBEN RUND UM DIE UHR BEOBACHTBAR IST

VIDEOMAN IST EIN AKTEUR MIT VIELEN

TALENTEN   EIGENSCHAFTEN   GESICHTERN

MAN KANN IHN AUF   FERNSEHBILDSCHIRM COMPUTER
HANDY VIDEOWALLS SEHEN

STÄNDIG KANN MAN SEHEN

WO ER SICH BEFINDET

WIE HOCH SEIN PULS IST

SEINE KÖRPER UND

UMGEBUNGSTEMPERATUR

INNOVATIVE KAMERAS AUF DEM HELM   AUF DER BRILLE

AM KAPPERL AM KÖRPER   AUF DROHNEN

IN ODER AUF FAHRZEUGEN

ERLAUBEN DEM ZUSEHER

DIESE SPANNENDE VIDEOMANWELT DURCH SEINE AUGEN

ZU SEHEN

DER KREATIVE VERSTAND IST DIE GRÖSSTE KRAFT VON
VIDEOMAN

SO GUT WIE ALLE ALTERSSCHICHTEN ANZUSPRECHEN

WAR DAS ZIEL

SOGAR DER AUFBAU EIGENER KONKURENZ WAR ANGEDACHT

VIDEOGIRL ZB

DER START WAR AM 08 08 2008 UM 08:08:08 UHR GEPLANT

SO HÄTTE ICH EIN PAAR JAHRE ZEIT FÜR VORBEREITUNGEN
GEHABT DAS PROJEKT VIDEOMAN

ERFOLGREICH STARTEN ZU LASSEN

UM ERFOLG ZU HABEN   WAR MIR KLAR

MAN MUSS VIELE PUNKTE ABARBEITEN:

HUNDERTE DINGE ORGANISIEREN   ZB ERSTELLEN VON

ABLAUF - ZEIT - DESTINATIONSPLÄNEN

PERSONALPOLITIK   KONTAKTE KNÜPFEN

ERFINDUNGEN WIRKLICHKEIT WERDEN LASSEN

SPONSORENSUCHE   VIELE VERTRÄGE ABSCHLIESSEN

LOGOGESTALTUNGEN MUSIKSIGNATIONS....................

KÖRPERLICHES UND GEISTIGES TRAINING VON DEN
VIDEOMANDARSTELLERN

VIDEOMAN IST IMMER NUR EINER

ER TRÄGT SEINE EIGENWILLIGE VIDEOMANAUSRÜSTUNG MIT
LOGOS IMMER IN DEN GLEICHEN FARBEN.... ABGESTIMMT
AUF DIE JEWEILIGE AKTIVITÄT

DER ERSTE VIDEOMAN WOLLTE ICH SELBST SEIN

VIDEOMAN IST JEDER NUR SO LANGE ER KANN UND WILL

DER ERSATZMANN MUSS IMMER GREIFBAR SEIN

DOCH EINMAL GESTARTET SOLLTE

VIDEOMAN   EINE MASCHIENERIE

OHNE ABLAUFDATUM SEIN

DER ERSTE PROTAGONIST   ICH   HARALD PILLHOFER

WAR   HOTELFACHSCHÜLER JAGDKOMMANDOSOLDAT

MARATHONLÄUFER BERGLÄUFER
MEISTERBRIEFBESITZER FÜR HOTEL UND GASTGEWERBE
KÜNSTLER FALLSCHIRMSPRINGER   BERGSTEIGER.......

ALLE FACETTEN MEINES ABWECHSLUNGSREICHEN LEBENS
WOLLTE ICH NUTZEN

WARUM ? WARUM HABE ICH ES DAMALS NICHT UMGESETZT ?

DAMALS SCHRIEB ICH EIN 70 SEITIGES KONZEPT ZU
VIDEOMAN

DARIN STAND: VOR ALLEM ANFANGS IST MIT
RÜCKSCHLÄGEN UND ABSAGEN ZU RECHNEN

TROTZ EINIGER TREFFEN MIT PROFIS AUS DEN BEREICHEN
TECHNIK REGIE MUSIK KAMERALEUTEN GAB ICH DAS
PROJEKT NACH DEM TREFFEN MIT DEM DAMALIGEN
SERVUS TV CHEF AUF

DIESES MEETING MIT DEM RED BULL TV VERTRETER

VERLIEF ANDERS ALS VON MIR GEPLANT

IM GEGENSATZ ZU DEN ANDEREN UNTERSCHRIEB MIR DER TV
CHEF NICHT DIE IHM VON MIR VORGELEGTEN
GEHEIMHALTUNGSKLAUSELN

BEGRÜNDUNG ER WILL NICHT GEKLAGT WERDEN FALLS
ANDERE ÄHNLICHE IDEEN HABEN UND MIT IHM UMSETZEN
WOLLEN

ER GAB MIR EINE KAFFEETRINKLÄNGE ZEIT

OB ICH IHM OHNE VERTRAULICHKEITSZWANG MEIN PROJEKT
ERLÄUTERN MÖCHTE

ICH RISKIERTE DEN IDEENKLAU

ER GAB MIR SEINE HAND DRAUF AUCH OHNE UNTERSCHRIFT
MEIN VORHABEN NUR MIT MIR UMZUSETZEN

WENN ES IHM PASSEND ERSCHEINT

WÄHREND ICH IHM SELBSTGEDREHTE SZENEN AUF MEINER
VIDEOKAMERA ZEIGTE SPRACHEN WIR ÜBER VIDEOMAN

DIE KAMERASZENE AUF DER ICH IN DER BADENER
RÖMERTHERME ÜBER VIER MINUTEN APNOE TAUCHTE
BEEINDRUCKTE IHN SICHTLICH

IN DEM INFORMATIVEN INTERESSANTEN GESPRÄCH

ERLÄUTERTE ER VIELE PROBLEME DIE SOLCH EIN
GEWALTIGES LIVEPROJEKT MIT SICH BRINGT

ENORME KOSTEN   KAUM KALKULIEBARE RISIKEN

RECHTLICHE UND ETISCHE EINWÄNDE

IM ZUGE DIESES GESPRÄCHS STELLTE ER MIR DIE FRAGE DIE
MEIN LEBEN EXTREM   BEEINFLUSST HAT

GLAUBEN SIE   EIN GLÜCKLICHERER MENSCH ZU WERDEN
WENN SIE DIESES ETHISCH GRENZWERTIGE BELASTENDE
UNTERNEHMEN MIT UNS STARTEN WÜRDEN ?

NACH DIESEM TREFFEN SPIELTE ICH VIELE ASPEKTE VON
VIDEOMAN IM KOPF DURCH

ICH HABE ES MIR JA SO ERTRÄUMT   ERSONNEN

WARUM SOLLTE ICH NICHT GLÜCKLICH SEIN DAMIT

POPULARITÄT   EINFLUSS GELD SPASS......

ZWEI TAGE BLIEB ICH FAST NUR IM BETT UND SPIELTE SO
VIEL WIE MÖGLICH IN MEINER MUNTEREN GEDANKENWELT
DURCH

DANACH WAR FÜR MICH MEIN ENTSCHLUSS KLAR:

OHNE DEN GLOBAL PLAYER RED BULL

DER MEIN PROJEKT VORLÄUFIG IN EVIDENZ ZU BEHALTEN
BELIEBTE   AN MEINER SEITE   DEN ICH SO GERNE GEHABT
HÄTTE   WAR DIE AUSGANGSLAGE SO VIEL SCHWERER

UND VOR ALLEM DER ASPEKT MIT DEM GLÜCKLICHER SEIN...

ICH WAR UND BIN EIN SEHR ZUFRIEDENER

UND SEHR GLÜCKLICHER MENSCH

DIE ENTSCHEIDUNG WAR FÜR MICH RÜCKBLICKEND SICHER
RICHTIG

EIN NORMALES GLÜCKLICHES LEBEN

PRIVATSPÄHRE

EINE TOLLE FRAU   KIND HAUS POOL   KUNST .....

EIGENTLICH FAST UNBEZAHLBAR   FREIHEIT

ABER MIT DEM DAMALIGEN ENTSCHLUSS

FASSTE ICH GLEICH EINEN NEUEN:

IRGENDWANN SCHREIBE ICH EIN BUCH DARÜBER

ALS HÄTTE ICH VIDEOMAN GELEBT

JETZT IST   IRGENDWANN

VIEL FREUDE MIT DEN PRODUKTEN MEINER FANTASIE

DIE DAMALS NICHT   UND NUN DENNOCH

IN ANDERER FORM   WIRKLICHKEIT   WERDEN

VIDEOMAN

KAPITEL EINS

TAG   EINS

VIDEOMAN

KAPITEL EINS

TAG   EINS

„BUMM – BUMM - …BUMM – BUMM..“

DAS HERZ SCHLÄGT IN VIDEOMAN

WIE WENN ES FREUDIG ANKLOPFT UM
AUFMERKSAMKEIT ZU BEKOMMEN

ES IST DER 08. 08. 2008 PUNKT 08:08: 08 UHR

VIDEOMAN STARTET HEUTE

ERWARTUNGSVOLLER APPLAUS VERMISCHT SICH MIT
TRÖTENLÄRM VIELEN STIMMEN UND DEM
STARTSCHUSS DER KREUZBERGER
PRANGERSCHÜTZEN

EINIGE TAUSEND MENSCHEN SIND ANWESEND

VIELE VON IHNEN HABEN ZEIT UND ENERGIE DIESEM
EINZIGARTIGEM PROJEKT GEWIDMET

AN DIE ZWANZIG MILLIONEN EURO SIND IN

BEWEGUNG UM VIDEOMAN IN DIESER FORM IN BEWEGUNG

ZU SETZEN

PHIL COLLINS SPIELT LIVE

„IN THE AIR TODAY" JA - NICHT TONIGHT

ER HAT DAS SICH LANGSAM STEIGERNDE LIED
FÜR VIDEOMAN   NEU ADAPTIERT

ES IST EINES DER LIEBLINGSLIEDER VOM ERSTEN VIDEOMAN

DER ZUKÜNFTIGE HAUPTAKTEUR BEKOMMT EINEN
TROCKENEN HALS

SEINE KNIE FÜHLEN SICH ETWAS ZITTRIG AN

DIE ERWARTUNGSHALTUNG TAUSENDER ZU ERFÜLLEN IST
IHM IM MOMENT NOCH EINE GROSSE LAST

WENN MAN ALLES UNTER EINEM HUT BRINGEN MÖCHTE

WIRD DAS RISIKO GROSS IN EINIGEN DETAILS ZU VERSAGEN

OFT HAT SICH VIDEOMAN BEIM UNIVERSUM BEDANKT   FÜR
ALL DIE SCHÖNEN UND GUTEN DINGE DIE IHM SCHON
WIEDERFAHREN SIND

VOR ALLEM IST ER ABER DAFÜR DANKBAR FÜR DIE DINGE
WELCHE DA NOCH KOMMEN MÖGEN

BÜCHER VON JOSEPH MURPHY, ARTHUR LASSEN, ...UND
ANDEREN PSYCHOLOGISCH GEBILDETEN HABEN IHN DAZU
INSPIRIERT

ER WEISS INZWISCHEN

WENN ER AUF SEIN GLÜCK VERTRAUT

ZIEHT ER ES AN

VIDEOMAN IST ÜBERZEUGT DASS DAS ZITAT:

GIB JEDEM TAG DIE CHANCE

DER BESTE DEINES LEBENS ZU WERDEN

BEI SEINEM VORHABEN   KEINE LEEREN WORTE
BLEIBEN WERDEN

SEINE LIEBE FÜR ZITATE LIES IHN SCHON ZUM SCHLUSS
KOMMEN

EIN GUTES ZITAT KANN

DIE WEISHEIT EINES GANZEN BUCHES ENTHALTEN

„BUMM, BUMM, ..." BEI ALL SEINEM POSITIVEM DENKEN

NIEMAND KANN IHM SEIN KRIBBELIGES GEFÜHL IM MAGEN
DIE WEICHEN KNIE ODER SEINE ANSPANNUNG NEHMEN

AUF ZWEI GEWALTIGEN LEINWÄNDEN IN SEINER SICHTWEITE

WIRD DER POMPÖSE START AUCH ÜBERTRAGEN

SELBST AUF DEN FERNSEHERN IN DEN MAC DONALDSFILIALEN

WIRD ES AUSGESTRAHLT

FÜR ZWEI BESUCHE PRO WOCHE SOLANGE VIDEOMAN LÄUFT
WIRD IN DEN MÄCI S MINDESTENS EINE STUNDE LANG VON
DEN TÄGLICHEN VIDEOMANHIGHLIGHTS ZU SEHEN SEIN

IN GRAZ, LINZ, WR.NEUSTADT, SALZBURG, VELDEN,
NEUNKIRCHEN, BREGENZ, EISENSTADT, INNNSBRUCK UND
LIENZ UND MÜNCHEN GIBT ES GROSSE
ÜBERTRAGUNGSPLÄTZE MIT VIDEOWALLS

AUCH ANDERE STÄDTE MACHEN EIN GROSSES THEATER AUS
DEM VIDEOMANSTART

VIELE DAVON SIND ZIELE VON IHM UND ERHOFFEN SICH EIN
GUTES FREMDENVERKEHRSFÖRDERNDES IMAGE ZU
BEKOMMEN

DAS SUBJEKTIVE BILD WELCHES VIDEOMAN ZEIGT IST
NATÜRLICH MIT DEM RICHTIGEN GUIDE UND DEN
AUSGESUCHTEN LOCATIONS GUT ZU STEUERN

JA DIE WERBEMASCHINE IST IN DEN LETZTEN MONATEN
GEWALTIG AM BRODELN GEWESEN

ES GIBT JETZT AUCH SCHON FANARTIKEL UND FANCLUBS

SELBST EINE „VIDEOMANPUPPE" WURDE IM VORFELD
PRODUZIERT

WIE IN ECHT GIBT ES DIE PUPPE ZUM GESTALTEN MIT
VERSCHIEDENEN VIDEOMANOUTFITS

ALLES IM VIDEOMANLOOK MIT GROSSEM LOGO AUF DER
BRUST VM GÜRTELSCHNALLE VERSCHIEDENEN
KOPFBEDECKUNGEN EIN DRESS ZUM BIKEN ZUM WANDERN

EIN ELEGANTER VM ANZUG VM LAUFGEWAND

VM BADEHOSE SOGAR VM HANDTUCH

LOGISCH ALLES IMMER MIT VM LOGOS

VERSCHIEDENE KAMERAS UND KAMERABRILLEN

ALLES IST IMMER IN DEN

VM FARBEN KÖNIGSBLAU SATTES GELB
UND EIN WENIG SCHWARZ

GEHALTEN

WAS ES DA JETZT SCHON ALLES GIBT IST FAST
UNGLAUBLICH DOCH GLAUBLICH

DAMIT SO EIN GROSSES UNTERNEHMEN FUNKTIONIERT
MÜSSEN VIELE DARAN GLAUBEN

DER GLAUBE VERSETZT BEKANNTLICH BERGE

DIE WILL VM NICHT VERSETZEN ABER VIELE DAVON MIT
FÜHRERN BESTEIGEN ODER BEKLETTERN

EINE GANZE MASCHINERIE WURDE IN GANG GESETZT

OB VIDEOMAN EINMAL EINE POPULARITÄT WIE SPIDERMAN
ODER SUPERMAN ERLANGT WIRD SPANNEND

SEHR VIELE MENSCHEN ARBEITEN AN DIESEM ZIEL

DIE GRUNDLAGE FAST ALLER
„VIDEOMANGESCHÄFTE" IST
EINE WIN/WIN BASIS

ES WURDEN BZW WERDEN IMMER PARTNER GESUCHT
WELCHE AUCH DAVON PROFITIEREN KÖNNEN

VIELEN GESCHÄFTSPARTNERN FLOG ES
WIE SCHUPPEN VON DEN AUGEN

ALS SIE DIE PROGNOSTIZIERTEN ZAHLEN SAHEN

HARALD PILLHOFER IST ZWAR DER GEISTIGE VATER UND DER
ERSTE PROTAGONIST ABER EIN VM PRINZIP IST

ES GIBT IMMER EINEN VERFÜGBAREN VM ERSATZMANN DER
BEI WIE AUCH IMMER AUFTRETENDEN PROBLEMEN
EINSPRINGEN KANN

SICH AUF EINE EINZELPERSON ZU VERLASSEN WÄRE
UNKALKULIERBARES RISIKO

RISIKO DAS IST DAS WAS VIDEOMAN OFT EINGEHEN WIRD

DAS IST EIN BEACHTLICHER FAKTOR WENN ES UM
EINSCHALTZAHLEN GEHT

VIDEOMAN IST EINE KUNSTFIGUR

SIE IST IN EINEM NETZ AUS WIEDERERKENNUNGSFAKTOREN
EINGEWEBT

SOUNDSIGNATIONS   IMMER DIE GLEICHEN FARBEN
ÜBERALL VM LOGOS   EINZIGARTIGE GESTEN
WIEDERKEHRENDE ZITATE UND PHRASEN

WERDEN VERWENDET UND MACHEN IHN EINZIGARTIG

EIN VIDEOMANAUTO   VM MOTORRAD   VM BIKE

VM TRAMPOLIN   VM GOKART   VM PARAGLIDER   VM SCHI
VM TENNISSCHLÄGER ....

SELBST VM HÄNGEMATTE   VM SOCKEN   VM LAUFSCHUHE

VM LEIBERL   VM UHR   VM FERNSEHER.........

WERDEN ANGEBOTEN

UND VOR ALLEM   VIDEOMAN N   MAN HAT DURCH IHN EINE

GEWALTIGE PLATTFORM

VM HAT EINEN EIGENEN FERNSEHKANAL

DURCH EINE PERSÖNLICHE FREUNDSCHAFT MIT DEN
MEDIASHOP CHEFS DIE DAS POTENZIAL ERKANNTEN
ENTSTAND EINE LUKRATIVE BETEILIGUNG VON MEDIASHOP

VIDEOMAN IST KEIN WERBEKANAL ABER ES GIBT VIEL
ÖFTER ALS MAN VERMUTET DARIN VERSTECKTE WERBUNG

DER GEBRAUCH VIELER PRODUKTE WELCHE DURCH LOB
HERVORGEHOBEN WERDEN PROFITIEREN NATÜRLICH

BEI EINIGEN AUSGEWÄHLTEN PRODUKTEN WIRD
EIN KLEINES INSERT ZU SEHEN SEIN   MIT
PRODUKTNAME PREIS   UND
BESTELLMÖGLICHKEIT EINGEBLENDET

DIES WIRD IN GEGEBENEN FALL ZU SEHEN SEIN ABER MEIST
NUR FÜR CA FÜNF MINUTEN

DIE KUNSTFIGUR VIDEOMAN SPIELT HEUTE SEINE STÄRKEN
ABER AUCH SCHWÄCHEN AUS

MIT SEINER AUSRÜSTUNG DIE WIR IM LAUFE SEINER
ABENTEUER UND BEGEGNUNGEN KENNENLERNEN WERDEN

WIRD ER   FAST WIE EIN SUPERHELD ANMUTEN

DOCH IM UNTERSCHIED ZU SUPERHELDEN HAT ER „NUR“
SEINE MENSCHLICHEN TALENTE   EIGENSCHAFTEN
FÄHIGKEITEN   VORZÜGE   UND   FEHLER

VIDEOMAN SPIELT NICHT

ER IST VIDEOMAN 24 STUNDEN AM TAG

DIESE „ROLLE“ KANN MAN ÜBER LÄNGERE ZEIT NUR
AUSHALTEN   WENN MAN SIE LEBT

IMMER LIVE   SO LANGE ER ES SCHAFFT

VIDEOMAN FÜHRT AB JETZT   DAS RADIKALST
GLÄSERNE LEBEN   DAS MAN SICH AUSMALEN KANN

NULL PRIVATSPHÄRE

ETHISCH SOGAR FRAGLICH

WIE VIELE TAGE   WOCHEN ODER JAHRE ES DER ERSTE
VIDEOMAN ERFOLGREICH LEBEN WIRD WERDEN WIR SEHEN

DA ES SELBSTGEWÄHLT IST   LIEGT EINE SEHR POSITIVE
GRUNDEINSTELLUNG VOR ZUM BEWÄLTIGEN   DIESER
ENORMEN PSYCHISCHEN UND PHYSISCHEN LAST

SELBST WENN VM SCHLÄFT   AUF DER TOILETTE IST

SICH DUSCHT ODER SICH VERSTECKT UNTER DER DECKE
EINEN RUNTERHOLT   DAS ALLES IST VIDEOMAN

ALLES IST MENSCHLICH   ECHT   UNZENSURIERT

ES WERDEN NATÜRLICH MEDIALE AUFSCHREIE KOMMEN

ES WIRD VIELE DISKUSSIONEN GEBEN OB SO ETWAS AUCH
GEZEIGT WERDEN   DARF ODER SOLL

VIDEOMAN WILL DIE WIRKLICHKEIT ZEIGEN

MANCHMAL FLIEGT VIDEOMAN   AUF DEN
SCHWINGEN DES ADLERS   WELCHER DEN NAMEN
GEDANKENFREIHEIT TRÄGT

ER WAGT DAS SCHIER UNMÖGLICHE

UM DAS MÖGLICHSTE ZU ERREICHEN

DIE FREIHEIT SEINER GEDANKEN STELLTE IHM EINE
RIESIGE   SPEISEKARTE AN MÖGLICHKEITEN

ZUR VERFÜGUNG

AUS IHR HAT ER SEIN   „VIDEOMANMENÜ“
ZUSAMMENGESTELLT UND GEWÄHLT

DER NÄCHSTE VIDEOMAN WÄHLT SEIN EIGENES MENÜ

KEINER WÜRDE AUF LÄNGERE ZEIT   EIN FREMDES MENÜ
KONSUMIEREN   WOLLEN ODER KÖNNEN

NICHT 24 STUNDEN AM TAG   OHNE PRIVATSPHÄRE

DER VIDEOMAN IST KAPITÄN   AUF SEINEN SPRITZTOUREN
UND   AUCH AUF SEINEN   LANGSTRECKENFLÜGEN

VIDEOMANTV ÜBERTRÄGT 24 STUNDEN AM TAG UND NACHT

IN DEN SCHLAFPHASEN WIRD ALS KLEINES BILD IM GROSSEN
BILD   VIDEOMAN BEI SEINEM RENDEVOUS IN MORPHEUS
ARMEN ZU SEHEN SEIN

AUF DER GROSSEN BILDSCHIRMFLÄCHE SIEHT MAN

WÄHRENDDESSEN DIE HÖHEPUNKTE DES TAGES SPÄTER
AUCH DER WOCHE   DES JAHRES   IM TEAM SIND ZWEI
STÄNDIG DAMIT BESCHÄFTIGT SEHENSWERTES ZU FILTERN
UND ZU ANSPRECHENDEN HIGHLIGHTS ZU VERARBEITEN

ES GIBT WOHL KAUM EINEN MENSCHEN WELCHER SO
ZAHL REICH BEOBACHTET WIRD WIE VM

SEIN AKTUELLER PULS ZURÜCKGELEGTE

KILO BZW HÖHENMETER WO ER SICH GERADE BEFINDET

WIE SPÄT DIE ORTSZEIT IST WIE DAS WETTER DORT

AUSSEN UND KÖRPERTEMPERATUR

EINE KLEINE WELLE AN DATEN DIE UNS ABER NICHT
ÜBERFLUTEN SOLL

NUR DIE WICHTIGSTEN DATEN SIND GUT ZU LESEN

UNWICHTIGES WIRD KLEINER GEHALTEN

KAUM JEMAND GIBT SO VIEL ÜBER SICH PREIS ALS VIDEOMAN

NUR WER VIEL ZU GEBEN BEREIT IST

KANN VIEL BEKOMMEN

DAS LEBEN IST EIN SEILTANZ

NUR WENIGE SIND BEREIT ALS SEILTÄNZER
AUFZUTRETEN

DOCH WAGT MAN SO ETWAS BEKOMMT MAN
EINE GANZ ANDERE PERSPEKTIVE AUF DAS
LEBEN

MAN KANN AUF DEM SEIL   TIEFE SCHLUCHTEN

OHNE UMWEG ERREICHEN

BEIM SEILTANZ DES LEBENS SOLLTE MAN VIEL

RESPEKT ZEIGEN ABER KEINE ANGST

ANGST LÄHMT OFT

ES IST MEIST EIN GRUNDLEGENDER IRRTUM

DEN TOD IN DER ZUKUNFT ZU ERWARTEN

DER TOD IST DAS WAS HINTER UNS LIEGT

ALLES WAS WIR SCHON ERLEBEN DURFTEN

IST GEWESEN   IST SCHON VORBEI

VIDEOMAN LEBT NUR IM HIER UND JETZT

UND ALLE DIE ES WOLLEN   ZEITGLEICH   MIT IHM MIT

MITTEN   IM LEBEN   MIT IHM MIT

VIELE WÜRDEN GERNE VIDEOMAN SEIN

ABER ÜBER   DAS DÜNNE SEIL DER WAGNIS

WÜRDEN SICH NUR DIE WENIGSTEN TRAUEN

VIDEOMAN HAT ES GEWAGT   ER STEHT JETZT HIER

AN SEINEM ERSTEN TAG

IM RAMPENLICHT DES LEBENS

DER FOCUS   VIELER KAMERAS UND MENSCHEN

IST AUF IHN GERICHTET

ES IST ANGERICHTET   ES GEHT LOS

LOSLASSEN WIRD VIDEOMAN DIE NORMALITÄT

LOSGEHEN WIRD DIE INTENSITÄT

DAS WOHL DENKBAR INTENSIVSTE LEBEN

DIE ZUKUNFT VON VIDEOMAN IST SO ALS WÜRDE MAN

DREI LEBEN   AUF EINMAL LEBEN

SEIN EXPONIERTER PLATZ IM LEBEN IST NUN SEHENSWERT
ABER FRAGWÜRDIG OB AUCH ERSTREBENSWERT

NICHTS WIRD DEN MENSCHEN NÄHER GEHEN

ALS DAS ECHTE LEBEN ZU SEHEN

DER MENSCH BEFINDET SICH STETS

AUF EINER GRATWANDERUNG ZWISCHEN
GEBORGENHEIT ODER MEHR FREIHEIT

DIE STEIGERUNG DES EINEN BEDEUTET

MEIST DEN VERLUST DES ANDEREN

VIDEOMAN HATTE IM VORFELD UNZÄHLIGE FREIE GEDANKEN

DIE ER IN DAS KORSETT EINES KONZEPTS GEZWÄNGT HAT

IN DIESEM BEENGENDEM KORSETT LEBT ER NUN

SEIN LEBEN ALS VIDEOMAN ZU LEBEN IST IHM DIE

GRÖSSTE FREIWILLIGE UNFREIHEIT

NACH PHIL COLLINS SPIELT ES NUN „I AM FROM AUSTRIA"

LIVE NATÜRLICH LIVE MIT UND VON

REINHARD FENDRICH GESUNGEN

DAS PUBLIKUM SINGT MIT GÄNSEHAUTSTIMMUNG

VIDEOMAN IST EIN BOTSCHAFTER ÖSTERREICHS IN DER WELT

VIDEOMAN IST DIE ERSTEN TAGE HAUPTSÄCHLICH IN
ÖSTERREICH GEPLANT NACH VIER WOCHEN IN ITALIEN
FRANKREICH DEUTSCHLAND HOLLAND ENGLAND ...
EUROPA DANACH AMERIKA ASIEN ....GEPLANT IST
SCHON VIELES ABER AUCH MIT EINIGEN TAGEN
DAZWISCHEN DIE NOCH MIT PROGRAMM ZU BEFÜLLEN SIND
DAS GIBT NOCH FREIHEIT FÜR NEUES UNERWARTETES

DIE ERSTEN VIDEOMÄNNER SIND AUS ÖSTERREICH OB SICH
DAS SPÄTER ÄNDERN KANN ODER SOLL WIRD
GEGEBENENFALLS ENTSCHIEDEN

DER ERSTE VIDEOMAN IST STOLZER ÖSTERREICHER

WIE EIN BAUM KÖNNTE ER SEINE WURZELN NIEMALS
VERGESSEN

ES WÜRDE IHM SEINEN GUTEN STAND RAUBEN

VIDEOMAN LÄCHELT GERNE   ER IST EIN AUSGEGLICHENER
GLÜCKLICHER MENSCH

MIT DEM STOLZEN GESICHTSAUSDRUCK VON JEMAND DER
GERADE DIE GEBURT SEINES BABYS ERLEBEN DARF

LÄCHELT ER IN DIE KAMERAS

FREUDE UND GLÜCK MACHEN UNS MENSCHEN SCHÖN

ER IST ATTRAKTIV ABER KEIN HOHLER SCHÖNLING

WAS ER VOR ALLEM HAT IST DIESE GEWISSE POSITIVE AURA

ES IST EINFACH ANGENEHM IN SEINER GEGENWART

ER HAT SCHON OFT ERKANNT DASS ES FÖRDERLICH IST
GLÜCKLICH ZU SEIN

DER SINN DES LEBENS IST GLÜCKLICH SEIN

FOKUSSIERT AUF SEIN ZIEL VIDEOMAN ZUM LEBEN ZU
ERWECKEN VERZICHTETE ER IM VORFELD AUF VIELES

ABER DER BEWUSSTE VERZICHT NIMMT NICHT
DER BEWUSSTE VERZICHT GIBT

SEINE ÜBERWUNDENEN ÄNGSTE   WERDEN ZUR KRAFT

DIE INNER UNRUHE UND NERVOSITÄT DIE ER WÄHREND DES
ERSTEN LIEDES VERSPÜRTE ENTWEICHT LANGSAM

TON FÜR TON   BEIM HÖREN   DIESER

ÖSTERREICHISCHEN HYMNE VON FENDRICH

DIE ERÖFFNUNGSSHOW WIRD VON DER BILDHÜBSCHEN
MICHELLE HUNZIGER MODERIERT

SIE MACHT ES SOUVERÄN   ERKLÄRENDE UND BEGRÜSSENDE
WORTE MIT LOCKERHEIT ÜBER DIE LIPPEN GEBRACHT

DER MÄNNLICHE ANTEIL IM PUBLIKUM HÄNGT ABER MIT DEN
AUGEN NICHT NUR AN DIESEN

IHR KNAPPES HEISSES SOMMEROUTFIT LÄSST SIE ZUR
AUGENWEIDE WERDEN

EIN GEWISSES MASS AN VOYEURISMUS IST BEI VM GEWISS

GEWISS IST BEI VIDEOMAN EINES:

SICHER IST   DAS NICHTS SICHER IST

ALLES LIVE HAT RISIKEN

EINEN FLITZER HABEN DIE ZAHLREICHEN SECURITYS

SCHON IM NAHBEREICH   ABFANGEN KÖNNEN

JA   MAN MUSS MIT ALLEM RECHNEN   IM WISSEN   ALLE
UNBEKANNTEN   NICHT EINKALKULIEREN ZU KÖNNEN

ABER EINER SICH BEIM ENTBLÖSSEN IN DER UNTERHOSE
VERFANGENDER   STOLPERNDER FLITZER WAR GERADE

EINE BELUSTIGENDE ERFAHRUNG DIE LEICHT ZU MEISTERN
WAR

DIE IM VORFELD LANCIERTE KLARSTELLUNG   ES GIBT IMMER
SOFORT EINEN ERSATZVIDEOMAN HÄLT HOFFENTLICH
PSYCHOPATEN VON EINEM ETWAIGEM MORDANSCHLAG AB

AUCH FÜR VIDEOMAN NUMMER EINS IST ES GUT ZU WISSEN

ER KOMMT AUS DER NUMMER HERAUS JEDERZEIT

DA LÄSST ES SICH AUCH BESSER AN SEINE GRENZEN GEHEN

WENN EIN HAND ODER BEINBRUCH RISKIERT WERDEN KANN
OHNE DAS GROSSE GANZE ZU GEFÄHRDEN

VIDEOMAN WIRD HIER IN DER HEIMAT DES ERSTEN ZIRKA

VIER WOCHEN ZUM SCHAUPLATZ WERDEN

ÖSTERREICH IST WUNDERSCHÖN

ES HAT SO VIEL ZU BIETEN

NATUR UND KULTUR VON AUSSERGEWÖHNLICHER VIELFALT
UND SCHÖNHEIT

ÖSTERREICH LÄCHELT IN DIE WELT

UND DIE WELT LÄCHELT ZURÜCK

VIDEOMAN BESITZT MEHR UHREN ALS ZEIT

AUF DEM BILDSCHIRM IST STÄNDIG EINE GESTARTETE UHR
ZU SEHEN

SIE HAT AM 08 08 2008 UM 08:08 UND 8SEKUNDEN
BEGONNEN

SIE ZÄHLT DIE SEKUNDEN VOM VIDEOMANSTART
BEGINNEND

DIESE ZEIT WIRD KLEIN EINGEBLENDET STÄNDIG MITLAUFEN

MAN WETTET AUF DIE JEWEILIGEN DARSTELLER WIE LANGE
SIE DER ROLLE IHRES LEBENS GEWACHSEN SIND

BEI SEINEM ERSTEN INTERVIEW MIT DER MODERATORIN IM
STARTGELÄNDE ERKLÄRT VIDEOMAN WIE ES ZU SEINEN
IDEEN KAM

WIE UND WAS ER IM GROBEN ALS VIDEOMAN VOR HAT

WER DIE WICHTIGSTEN LEUTE IN SEINEM TEAM SIND UND
WELCHE FUNKTIONEN SIE INNEHABEN

DIE   SCHÖNEN DINGE   IM LEBEN

ZU SUCHEN   ZU FINDEN UND ALLEN ZU ZEIGEN

VIDEOMAN MÖCHTE GERNE DIE WELT ZU EINEM BESSEREN
LEBENSWERTEREM ORT MACHEN

JEDER VON UNS KANN DIE WELT VERBESSERN

JEDER MUSS NUR BEI SICH ANFANGEN

IN DEN NAHAUFNAHMEN SIEHT MAN VIDEOMAN FAST IMMER
LÄCHELN

EIN EHRLICHES ZUFRIEDENES GLÜCKLICHES LÄCHELN

VIDEOMAN WEISS   : GUTE LAUNE UND LACHEN

IST   ANSTECKEND

ER WILL AM LIEBSTEN DIE GANZE WELT DAMIT „INFIZIEREN"

MIT GUTER LAUNE UND POSITIVER LEBENSEINSTELLUNG

ALS ER SEINEN BROTBERUF AUSGEÜBT HAT WAR IHM SEIN
BERUF MEHR BERUFUNG ALS ARBEIT

AUCH WENN KELLNER EIN HARTER BERUF IST

HATTE ER DAS GLÜCK IN SEHR GUTEN LOKALEN ARBEITEN
ZU DÜRFEN IN DENEN ER WERTGESCHÄTZT WURDE

DASS ER GERNE LEUTE GLÜCKLICH MACHT INDEM ER
KÖSTLICHE SPEISEN UND GETRÄNKE IN SCHÖNEM AMBIENTE

SERVIERT KAM IHM SEHR GELEGEN

VIELE GÄSTE SPÜRTEN DASS ER DIESEN JOB WIRKLICH
LEIDENSCHAFTLICH UND GERNE AUSÜBTE

ALS RESTAURANTFACHMANN VERWÖHNTE ER SCHON DEN
NUN HIER ANWESENDEN BUNDESPRÄSIDENTEN HEINZ
FISCHER REINHARD FENDRICH UND EINIGE ANDERE PROMIS

JETZT DIE ROLLE ZU TAUSCHEN UND DER HAUPTAKTEUR IN
EINEM GROSSEN VORHABEN WIE VIDEOMAN ZU SEIN GELINGT
IHM HOFFENTLICH GUT WIR WERDEN ES JA SEHEN

IN DEM AUGENBLICK IN DEM ER DIESER SACHE SEINE VOLLE
AUFMERKSAMKEIT SCHENKTE WURDE SIE ZU EINER
EINZIGARTIGEN WUNDERBAREN WELT

VIDEOMAN EINE WELT FÜR SICH

EIN BLICKWINKEL AUF UNSERE WELT

EIN STELLVERTRETERLEBEN FÜR UNS

DURCH SEINE LINSEN ERGIBT SICH FÜR UNS DIE
MÖGLICHKEIT ZU SEHEN   WAS ALLES MÖGLICH IST

DIE SEELE HAT DIE FARBEN DEINER GEDANKEN

ES GIBT SO VIEL SCHLIMMES AUF DER WELT

VIDEOMAN WILL DEN FOCUS   AUF DAS SCHÖNE
GUTE   POSITIVE LEGEN

ER WILL BEI PROBLEMEN IMMER LÖSUNGSORIENTIERT SEIN

SPANNUNG ABENTEUER HERRLICHE NATUR KUNST KULTUR

SPORT   DISKUSSIONEN GUTE RESTAURANTS

STEHEN AM PLAN

ER WEISS   WENN ER SEIN GESICHT   DER SONNE
ZUWENDET   IST DER SCHATTEN IMMER HINTER IHM

ER IST SICH BEWUSST

DASS ER DAS IST   WAS ER DENKT ZU SEIN

DAS TOR ZUM ERFOLG WIRD IMMER VOM WILLEN GEÖFFNET

SEIN SELBSTVERTRAUEN IST VORHANDEN UND
VORAUSSETZUNG

DIE WELT IST IMMER SO WIE DU SIE SIEHST

WENN DU SIE MIT DEN AUGEN VON VIDEOMAN SIEHST
EBEN EINE WUNDERSCHÖNE

NUN SPRICHT AUCH DER BUNDESPRÄSIDENT EINIGE WORTE

IHM GEHT ES VOR ALLEM UM DIE VERANTWORTUNG DIE
VIDEOMAN TRÄGT UND DEN WERBEWERT FÜR DEN
ÖSTERREICHISCHEN TOURISMUS

ER SPRICHT AUCH DEN FAKTOR ZEIT AN

DIE ZEIT IN DER WIR LEBEN UND DASS WIR NICHT WENIG ZEIT
HABEN SONDERN WENIG ZEIT NUTZEN

ER IST SO WIE VIELE ANDERE AUCH   GESPANNT WIE
VIDEOMAN SEINE TÄGLICHEN 24 STUNDEN NUTZT

ER VERSPRICHT AUCH GELEGENTLICH VIDEOMAN ZUZUSEHEN

VOR ALLEM IN ÖSTERREICH

SPANNEND FINDET DER BUNDESPRÄSIDENT WELCHE ZIELE
DAS VIDEOMANTEAM AUSGEWÄHLT HAT

DIE REDE DES PRÄSIDENTEN DAUERT KNAPP ACHT MINUTEN
UND IST GEISTREICH BELEHREND UND HUMORVOLL

VIDEOMAN VERRÄT AUCH AUF ANFRAGE VON MICHELLE
NICHT VIEL GENAUES ÜBER DIE BEVORSTEHENDEN ZIELE

GROB UMRISSEN ERLÄUTERT ER DASS ES SICH HEUTE UM
WIEN UND NIEDERÖSTERREICH DREHEN WIRD

NIEDERÖSTERREICH DIE SEMMERINGGEGEND UND DAS
UMFELD IST HEIMAT UND STARTGEBIET DES ERSTEN
VIDEOMAN

WÄRE VIDEOMAN NICHT WIRKLICHKEIT GEWORDEN

ES WÄRE NUR EINE   SEIFENBLASE EINES GEHIRNS

ABER WIR SIND HIER UND HEUTE ZEUGEN   DASS ES IM LEBEN
CHANCEN GIBT   VIDEOMAN NUTZT SIE

SO WIE DU DEINE ZUKUNFT ERWARTEST

SO ÄHNLICH WIRD SIE AUCH KOMMEN

VOM VERGANGENEN SOLLTE MAN SICH SEIN LEBEN NICHT
DIKTIEREN LASSEN

ABER ALS RATGEBER KANN MAN ES GUT NUTZEN

DER ERSTE VIDEOMAN NUTZT SEINE VERGANGENHEIT

ER HAT EINE GUTE ALLGEMEINBILDUNG UND SOLIDES
ADRETTES AUFTRETEN IN DER HOTELFACHSCHULE AM
SEMMERING ERWORBEN

HAT SELBSTSTÄNDIGKEIT AUF SAISONARBEIT UND ALS
BETREIBER EINES TENNISSTÜBERLS IN GLOGGNITZ ERLANGT

SELBSTVERTRAUEN UND SELBSTDISZIPLIN GEWANN ER IN
SEINER MILITÄRISCHEN AUSBILDUNG DAZU

DIESES EINE JAHR ALS JAGDKOMMANDOSOLDAT WAR SEIN
PRÄGENSTES   NICHTS DAVOR ODER DANACH WAR SO
INTENSIV   FORDERND BEEINDRUCKEND   LEHRREICH
ANGSTEINFLÖSSEND   UND IM RÜCKBLICK AUCH OFT SCHÖN

DEN UMGANG MIT KÖRPERLICHER UND GEISTIGER
ERSCHÖPFUNG LERNTE ER DORT KENNEN UND NUTZT ES NUN

IN SEINEM VIDEOMANPROJEKT

ALL DIE JAHRE DIE DER ERSTE VIDEOMAN BISHER ERLEBEN
DURFTE SCHEINEN EIN EINZIGER WEG ZU SEINEM ZIEL
VIDEOMAN GEWESEN ZU SEIN

DAS KLARE ZIEL WAR TEIL SEINER VERWIRKLICHUNG

DIE 18 JAHRE DIE ER ALS RESTAURANTFACHMANN IM
HAUBENLOKAL BRUNNENSTÖCKL IN NEUNKIRCHEN
GEARBEITET HAT ZEIGEN SEINE BESTÄNDIGKEIT

ES GILT IMMER DIE EINZIGARTIGKEIT EINES MENSCHEN ZU
RESPEKTIEREN

HARALD PILLHOFER STECKT ALS ERSTER

IM KORSETT DES VIDEOMAN

IN SEINER EINZIGARTIGKEIT WIRD ER DIESE ROLLE AUF
SEINE ART AUSFÜLLEN

DER NÄCHSTE WIRD ES   AUF SEINE   ART UND WEISE
SICHTBAR   ERLEBBAR MACHEN

WER DER NÄCHSTE WIRD ERLÄUTERT VIDEOMAN NUN
GERADE

ES SIND ZIRKA 10 MINUTEN REDEZEIT VON VIDEOMAN
GEPLANT NEBST DEM BEDANKEN BEIM STAATSOBERHAUPT

UND PUBLIKUM STELLT ER NUN SEIN TEAM UND SICH VOR

ER IST 1970 IN NEUNKIRCHEN GEBOREN.....

VIDEOMAN IST EIN PRODUKT SEINER FANTASIE WELCHE NUN
REALITÄT WIRD

HEUTE IST DER ERSTE TAG VOM REST SEINES LEBENS

UND DER ERSTE TAG VON VIDEOMAN

WIE LANGE ER ES SEIN DARF WERDEN WIR SEHEN

6 JAHRE LANG HAT ER AUF DIESES ZIEL HINGEARBEITET

VIEL TRAINIERT UND ERLERNT

VIDEOMAN HAT KEIN ABLAUFDATUM DIE AKTEURE SCHON

NUN STELLT ER ANDY KRAFT VOR 28 JAHRE JUNG

80KG MUSKELPOWER   SPORTWISSENSCHAFTER
EIN ALLROUNDER WIE ER IM BUCHE STEHT

EIN FREUND ERSTER ERSATZMANN BEI BEDARF

ER WIRD STÄNDIG IN DER NÄHE ODER DABEI SEIN

ANDY FILMT AUCH STÄNDIG MIT SEINER KAMERABRILLE
ODER BODYCAM MIT

SEINE AUFNAHMEN WERDEN WOHL AUCH ÖFTER IN DEN
TAGESHIGHLIGHTS ZU SEHEN SEIN   ABER DAS
ENTSCHEIDET IMMER DAS SCHNITTTEAM

ER KANN SICH AUCH SCHON VOLL MIT DER VIDEOMANROLLE
IDENTIFIZIEREN

HUMOR UND WORTWITZ SIND IHM IN DIE WIEGE GELEGT

HUMOR IST DER KNOPF   DER VERHINDERT
DASS EINEM DER KRAGEN PLATZT

ANDY KANN SO GUT WIE ALLES

WENN VIDEOMAN NICHT KANN   WIRD MAN IHM WOHL
VERZEIHEN   ABER WENN ER NICHT WILL WOHL KAUM

DER ZWEITE IM TEAM DER VORGESTELLT WIRD IST:

HUBERT MAUSER   ER IST 25 JAHRE JUNG

ALS ERSTER KAMERAMANN IST ER VERANTWORTLICH FÜR
DROHNEN UND AUSSENAUFNAHMEN

ALS SPASSVOGEL SONDERGLEICHEN HAT ER SEHR VIELE
WITZE AUF LAGER   LEIDER AUCH VIEL ORDINÄRE

HOFFENTLICH IST ER SICH BEWUSST DASS BEI LAUFENDEN
KAMERAS NICHT ALLES GUT RÜBERKOMMT WENN ER ZU TIEF
INS NIVEAU GREIFT

DER ZWEITE KAMERAMANN IST DER GROSSGEWACHSENE

OSTTIROLER   VINZENZ KRIEGLACHER   33 JAHRE
HERVORRAGENDER ALPINIST BERGFÜHRER PARAGLIDER

ZUSTÄNDIG VOR ALLEM FÜR ALPIN UND FLUGAUFNAHMEN

MIT VON DER PARTIE IST AUCH EXCELLENTER
PHYSIOTHERAPEUT   BERNHARD BERGER 40 JAHRE
IMMER ERNST UND SACHLICH   SEIN WISSEN ÜBER DEN
MENSCHLICHEN KÖRPER IST LEGENDÄR ER ARBEITET ALS
HEILMASSEUR   OSTEOPATH   TCM KUNDIGER ,.....

SEINE HÄNDE UND SEIN WISSEN WIRD VOR ALLEM NACH
SPORTLICHEN AKTIVITÄTEN VON NUTZEN WERDEN

NUN MAL ZU EINEM MÄDEL WELCHES IM VIDEOMANTROS
MITZIEHT

DIE HÜBSCHE SPORTLICHE CARINA HUFNAGEL

29JAHRE PSYCHOTHERAPEUTIN STYLISTIN FRISEURIN

DIESE UNGEWÖHNLICHE KOMBINATION UND FERNWEH WAREN
WOHL EIN GRUND SIE INS VM TEAM AUFZUNEHMEN

FRISEUR UND STYLIST – DA IST MAN JA SCHON VON
BERUFSWEGEN FAST PSYCHIATER

DIE ZIERLICHE BLONDINE WAR IN IHRER JUGEND BEGNADETE
KUNSTTURNERIN

SIE IST EIN WAHRER SONNENSCHEIN

ICH GLAUBE CARINA KANN GAR NIE SCHLECHT DRAUF SEIN

DAS KOMMT IN IHREM VERHALTENSREPATOIR
NICHT EINMAL VOR

SIE VERSUCHT STETS DIE MEISTERSCHAFT DARIN ZU
ERREICHEN SICH UND DIE UMWELT GLÜCKLICH ZU MACHEN

SUSI HOLZER DIE ZWEITE DAME IM TEAM IST UNSER
„MÄDEL FÜR ALLES"

AUSSERGEWÖHNLICH ATTRAKTIV 25 JAHRE JUNG

175 CM GROSS IMMER SEHR SEXY ANGEZOGEN

SIE IST SCHÖNER ALS DIE MEISTEN LAUFSTEGMODELS

SEHR LOCKERER UNBESCHWERTER CHARAKTER TYP

DIE NETTE BRÜNETTE IST ZUSTÄNDIG FÜR ERLEDIGUNGEN
ALLER ART   ZB DAS TEAM MIT KAFFEE ODER SNACKS
ZWISCHENDURCH ZU VERSORGEN ODER KLEINE
BESORGUNGEN

SIE IST ÄUSSERST SCHLAGFERTIG UND SELBSTBEWUSST

DIE WAHL FIEHL AUF SIE   WEIL DER MÄNNERANTEIL DER
ZUSEHER SICH SICHER FREUEN WIRD   EINE SOLCH

SEXY FRAU ÖFTERS IM BILD ZU SEHEN

ES GIBT NICHT VIEL AUF DER WELT
DAS SCHÖNER IST   ALS EINE SCHÖNE FRAU

NEBST DEM GROSSEN VIDEOMAN-MOBILEHOME GIBT ES
EINEN ÜBERTRAGUNGSWAGEN SOWIE EIN KLEINES
WOHNMOBIL

IM ÜBERTRAGUNGSWAGEN FAHREN CHRIS HUBACEK DER
HAUPTVERANTWORTLICHE FÜR TECHNIK UND SCHNITT DER
AUCH EIN SENSATIONELLER DROHNENPILOT IST MIT

DER 30 JÄHRIGE WIENER IST EIN TYPISCHER WIENER
GRANTLER   FACHLICH TOP

DER EINZIGE IM TEAM MIT DESSEN ART VIDEOMAN NICHT SO
GUT KANN

ABER SEINE KOMPETENZ MACHT IHN SEHR WERTVOLL FÜR
DAS TEAM

ANTON HOFMEISTER / 32 TECHNK UND SCHNITT UND ILONA
MEERSBURGER KOMPLETTIEREN DAS TEAM WELCHES
STÄNDIG AUF ACHSE IST

GERNOT KURZ UND KLARA SEBESTA SIND DAS „VORAB"TEAM

SIE BEREITEN VOR UND KLÄREN VIELES IM VORFELD AB

AUSGEWÄHLT WURDEN ALLE VON HARALD PILLHOFER
DEM VIDEOMANMANAGER   SEBASTIAN BRUGGER   UND
VIDEOMANTV BOSS KONRAD BERL

BEIM VIDEOMANTV SENDER SIND AUCH EINIGE FIX
BESCHÄFTIGTE

WIE GESAGT VIDEOMAN IST EINE GANZE MASCHIENERIE

WELCHE IN GANG GESETZT WURDE

ALL DIESE LEUTE ZIEHEN AN EINEM STRANG

WENN ALLE AN EINEM STRANG ZIEHEN

IST DAS GUT ABER ES SOLLTE IMMER AUCH AUF

DIE BESCHAFFENHEIT DES SEILS GEACHTET
WERDEN

DIE TEILNEHMER AM VIDEOMANABENTEUER WURDEN IM
VORFELD   UNTER DIE LUPE GENOMMEN   OB SIE GEEIGNET
SIND INS VIDEOAN TEAM AUFGENOMMEN ZU WERDEN

EINE KETTE IST BEKANNTLICH SO STARK   WIE
IHR SCHWÄCHSTES GLIED

FEHLBESETZUNGEN WILL MAN SICH NICHT LEISTEN   DIE
KOSTEN SIND OHNEDIES ENORM

ES IST BESSER   ENTSCHEIDUNGEN
DIE MAN BEABSICHTIGT   ZU ÜBERSCHLAFEN
ALS   DAVON MUNTER ZU BLEIBEN

WEIL MAN ETWAS ZU UNÜBERLEGT ENTSCHIEDEN HAT

JEDE DER VMTEAM ENTSCHEIDUNGEN MUSSTE BEGRÜNDET
UND BESPROCHEN WERDEN   ERST WENN ALLE DREI
ZUSTIMMTEN   BESTAND DIE MÖGLICHKEIT FÜR EINEN DER
BEWERBER   EINEN LUKRATIVEN PATZ   IM TEAM ZU
BEKOMMEN

NUR WER MACHT KANN KÖNNEN

VIDEOMAN MACHT ES NUN

OB UND WIE ER ES KANN WERDEN WIR SEHEN

VIDEOMAN SCHENKTE SEINEN TRÄUMEN EIN
OFFENES OHR

OB ER DA   AM TOR DER WEISHEIT   ODER
TOR DER TORHEIT   GELAUSCHT HAT   WIRD SICH
ZEIGEN

DENN

VIEL   VORHABEN   UND   VIEL MACHEN   SIND
ZWEI VERSCHIEDENE SACHEN

WIE ES GELINGT DIE VIELEN VORHABEN UMZUSETZEN

FREUDE DARAN ZU HABEN UND AUCH WIRTSCHAFTLICH
DAMIT ERFOLGREICH ZU SEIN WIRD SICH ZEIGEN

ES IST 08:45 UHR EXAKT

VIDEOMAN SIEHT AM ENDE SEINER REDE AUF DIE

VIDEOMAN WATCH ONE: 0000000000000002272

IM SEKUNDENTAKT ZÄHLT DIE UHR DIE VM SEKUNDEN DAZU

VOM STARTZEITPUNKT 08 08 2008 UM 08 08 08 UHR WEG

EIN COUNTUP SOZUSAGEN

ES KOMMT JA STÄNDIG NEUES DAZU WAS VIDEOMAN
ERLEBEN DARF UND WIR MIT IHM

DIE   VM-WATCH-ONE

IST EIN MEISTERWERK AN TECHNIK

SIE WAR EINES DER FORDERNSTEN PROJEKTE DER
VORBEREITUNGSZEIT

DIE FIRMA SAMSUNG WAR DAZU BEREIT
DIE IDEEN VON VIDEOMAN UMZUSETZEN

BIS AUF ZWEI KLEINIGKEITEN SCHAFFTEN SIE ALLE
WÜNSCHE ZU REALISIEREN

AB HEUTE STARTZEIT GIBT ES DIE VM-WATCH-ONE
UM SATTE 1 200 EURO ZU ERWERBEN

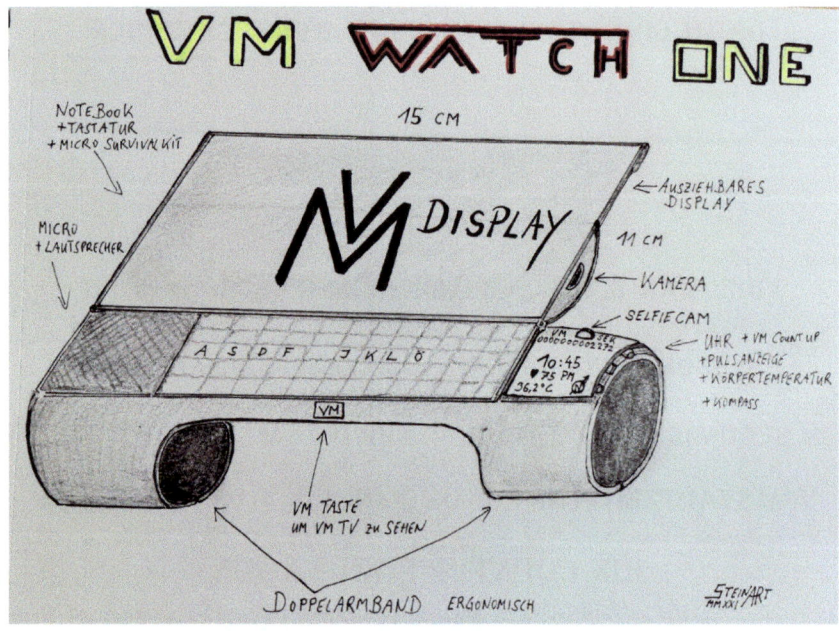

DIE VM-WATCH-ONE IST EINE   INNOVATIVE

NOTEBOOK-KAMERAUHR

MIT ZAHLREICHEN FUNKTIONEN UND EINEM

ERGONOMISCH ANLIEGENDEM DOPPELARMBAND

0,362 KG GEWICHT DIE ERTRAGBAR SIND

WER STÄNDIG   MIT DEM WWW VERBUNDEN SEIN WILL

EINE UHR   EINEN PULSMESSER   EINE FILMKAMERA

EINEN FOTOAPPERAT   EINEN KOMPASS

EINE TASCHENLAMPE   EIN ULTRALEICHTES SURVIVALKIT

MIT SICH FÜHREN WILL BRAUCHT DIESES
TECHNIKWUNDERDING

DIE TASTATUR UND DAS GROSSE DISPLAY SIND

AUFKLAPPBAR

DAS UM WEITERE VIER ZENTIMETER HÖHER AUSZIEHBARE
DISPLAY WAR FÜR DIE FIRMA SAMSUNG DIE SCHWIERIGST
ZU LÖSENDE AUFGABE

WIEVIEL STÜCK SCHON HEUTE BESTELLT WERDEN WIRD UNS
NOCH HOFFENTLICH ALLE POSITIV ÜBERRASCHEN

ALS VIDEOMAN SEINE AUSRÜSTUNG EINGANGS ERKLÄRTE
WAREN VIELE VON DEN SOCKEN

ZAHLREICHE DINGE DIE ES BISLANG SO
NOCH NICHT GAB

VIDEOMAN ERKLÄRTE AUCH WO UND WIE ER ÜBERALL ZU
SEHEN SEIN WIRD

DIE VM-WATCH-ONE WIRD ANFANGS ALLE VOLLEN STUNDEN
5 MINUTEN ALS KLEINES INSERT MIT BESTELLNUMMER
EINGEBLENDET SEIN

SO FUNKTIONIERT VIDEOMAN

VIDEOMAN ZEIGT NEUES SCHÖNES ODER NÜTZLICHES
UND ALLE KÖNNEN DARAN TEILHABEN BZW ERWERBEN

WENN MAN SICH SO EINE TOLLE VM-WATCH-ONE KAUFT ODER
GESCHENKT BEKOMMT FÜHLT MAN SICH FAST WIE VIDEOMAN

BEIM DRÜCKEN DER VIDEOMANTASTE V WIRD BEI
AUFGEKLAPPTEN DISPLAY AUTOMATISCH DER

VIDEOMAN TV KANAL   AKTIV   UND MAN IST LIVE DABEI

BESITZT MAN DIESE VM-WATCH-ONE LEBT MAN ZUKUNFT

DAS EXEMPLR WELCHES VM TRÄGT IST IN SEINEN FARBEN
GEHALTEN

BEI DER UHR IST ES HAUPTSÄCHLICH SCHWARZ   EINIGE
ELEMENTE IN BLAU UND DEZENT EDEL DER SCHRIFTZUG

VM-WATCH-ONE IN GELB

ZU KAUFEN GIBT ES DERZEIT
DREI   DAMEN UND DREI   HERRNMODELLE

SIE SIND ENTWEDER IM VM LOOK   ODER
SILBER MIT ETWAS SCHWARZ
BZW   SCHWARZ MIT ETWAS ROT

WENN DIE VERKAUFSZAHLEN PASSEN   SIND WEITERE
MODELLE   SCHON IN DER SCHUBLADE DER DESIGNER

AN DEN VERKÄUFEN IST DIE FIRMA VIDEOMAN NATÜRLICH
BETEILIGT   SOWIE EIN KLEINER ANTEIL FÜR DEN
VM ERFINDER

000000000002350 VM SEKUNDEN SIND SCHON VERGANGEN

VM WEISS   ZEIT IST GELD

ZEIT DRÄNGT

ER HAT JA AUCH SCHON HEUTE EIN DICHT GEDRÄNGTES
PROGRAMM

ZEIT BESITZT MAN NIE

ABER EIN ZEITMESSGERÄT IN VM AUSFÜHRUNG KANN MAN
AB JETZT SEIN EIGEN NENNEN WENN MAN MÖCHTE

HIER AM WIENER RATHAUSPLATZ SIND ZWEI
VM VERKAUFSSTÄNDE

DIE VM-WATCH-ONE GEHT WIE ERWARTET WEG
WIE DIE WARMEN SEMMELN

CHANCEN MULTIPLIZIEREN SICH
WENN MAN SIE ERGREIFT

VM NUTZT ZAHLREICHE CHANCEN

VIDEOMAN IST IMMER WIEDER MIT HOCHGESTRECKTEN
ARMEN EIN VICTORYZEICHEN FORMEND ZU SEHEN

DIESES POSITIV BELEGTE ZEICHEN MIT BEIDEN ARMEN
AUSGEFÜHRT WIRD EINES SEINER MARKENZEICHEN DAS
DOPPELTE „VIDEOMAN ZEICHEN" WIRD EIN SYMBOL FÜR
IHN UND SEINE FANS

DIE LINKE HAND SCHWENKT ER DADEI ZUM HERZ UND IMMER
WIEDER HOCH

MANCHMAL LEGT ER AUCH DIE UNTERARME ÜBEREINANDER
UND LÄSST DIE OBERE RECHTE HAND EIN VM ZEICHEN
FORMEN UND AUSSCHWENKEN

LANGSAM SO ÄHNLICH WIE FRÜHER DER SCHAUSPIELER
PIERRE BRICE IN DEN WINNETOUFILMEN ALS
INDIANERHÄUPTLING

000000002360 VM SEKUNDEN SIND VERGANGEN

MIT SEINEM BALD LEGENDÄREM

„AUF VIDEOSCHAUN" GEHT ER FEDERNDEN SCHRITTES

ZUM VM WOHNMOBIL   WELCHES NATÜRLICH AUCH IN DEN
VM FARBEN GEHALTEN IST UND MIT GROSSEN VMLOGOS
VERSEHEN WURDE
ES WIRD MEIST ALS ZENTRALER PUNKT IM

VIDEOMAN UNIVERSUM GENUTZT

UMZIEHEN DUSCHEN SNACKS ESSEN   SCHLAFEN
VIELES WIRD SICH DARIN ABSPIELEN

JETZT ZIEHT ER SEINEN ELEGANTEN VM ANZUG AUS GEHT
AUF DIE TOILETTE UND ZIEHT SEIN VM LAUFDRESS AN

VM IST GLÜCKLICH SEINE ANSPANNUNG WEGLAUFEN ZU
KÖNNEN

ZIRKA 55 MINUTEN LAUFZEIT IST GEPLANT

VON SEINEM TEAM LAUFEN ANDY VINZENZ   KARINA UND
SUSI MIT

HUBERT WIRD DEN GROSSTEIL DER STRECKE
DIE DROHNE STEUERND FILMEND MITFLIEGEN

SEINE BEGLEITER HABEN VM KAPPEN AUF UND
AUFGENÄHTE STICKER AUF DER BRUST

PASSENDE KLEIDUNG MIT ETWAS KLEINEREN LOGOS ALS
VIDEOMAN WIRD VON SPONSORFIRMEN FÜR DIE BEGLEITER
GESTELLT UND DAFÜR SOGAR BEZAHLT

DIE VM FARBEN UND GROSSEN LOGOS SIND JEDOCH IM TEAM
IMMER NUR DEM AKTUELLEN VIDEOMAN VORBEHALTEN

SO WIE JETZT WO SIE IN DER GRUPPE LAUFEN SOLL ER JA
OPTISCH GLEICH HERAUSSTECHEN

POPULARITÄT UND WIEDERERKENNUNGSWERT
SIND DIE BEIDEN TRAGENDEN SÄULEN BEI DIESEM
EINZIGARTIGEM UNTERNEHMEN

A PROS POS UNTERNEHMEN JETZT UNTERNEHMEN SIE
EINEN LAUF VOM RATHAUS IN WIEN ZUR GLORIETTE BEIM
SCHLOSS SCHÖNBRUNN

CA 100 BIS 125 PULS IN DIESEM LOCKEREN BEREICH IST ES
GEPLANT ZU BLEIBEN GUTES BASISTRAINING SOZUSAGEN

GEPLANT GELPANT IST VIELES

PLANER PLANEN

UND DAS SCHICKSAL LACHT DAZU

SCHON GESTERN WAR DIE REDE DAVON

IM AUGUST WENN ES HEISS IST KOMMEN OFT AM
FRÜHEN NACHMITTAG PUNKTUELL GEWITTER

UM 13:30 UHR WOLLTEN WIR IN DEN HTL STEIG BEI DER HOHEN WAND EINSTEIGEN

DAS ZAMG HAT ABER NUN RECHT EXAKTE DATEN DASS ES DORT UM 14:00 UHR EIN GEWITTER GEBEN WIRD

ALSO WÄRE ES EIN SCHLECHTER PLAN PLANMÄSSIG VORZUGEHEN

NACH DEM LAUF ZUR GLORIETTE WERDEN WIR EINE PLANÄNDERUNG SEHEN

DAS SPÄTE FRÜHSTÜCK ZEITIGER ABBRECHEN UND DAS NACHMITTAGSPROGROMM VORZIEHEN

ZAHLREICH SÄUMEN AUF DEM WEG NACH SCHÖNBRUNN SCHAULUSTIGE DEN STRASSENRAND

ES LAUFEN AUCH CA 30 PERSONEN MIT EINFACH WEIL SIE DAS WOLLEN EINIGE DRÄNGEN SICH IN DIE NÄHE VIELE PASSANTEN HÄTTEN GERNE EIN AUTOGRAMM

ANFANGS HAT VIDEOMAN NOCH EINIGE GEGEBEN

„VM HARALD PILLHOFER" DER NÄCHSTE WIRD AUCH VOR SEINEN NAMEN VM STELLEN WENN ER UNTERSCHREIBT

ABER AUTOGRAMME WÄHREND DES LAUFENS ZU GEBEN BRINGT EINEM AUS DEM RHYTMUS UND VERLANGSAMT DAS TEMPO

ANDY DRÄNGT VM SCHNELLER ZU LAUFEN   UM NICHT ZU
RISKIEREN   IN DEN STAHLSEILEN ZU HÄNGEN WENN DAS
GEWITTER KOMMT

EINLEUCHTEND: EINE ROLLE ALS BLITZABLEITER
WÄRE EINMALIG   ELEKTRISIEREND ERLEUCHTEND

WIE EIN BODYGUARD LÄUFT ANDY VORRAUS UND DRÄNGT
DIE LEUTE HAUPTSÄCHLICH VERBAL ZUR SEITE

VM ZEIT 00000005360 SEKUNDEN

200 METER NOCH   DANN SIND SIE DA

EIN SPÄTES FRÜHSTÜCK   MIT DIDI MATESCHITZ

DER RED BULL CHEF IST EINER DER HAUPTFINANZIERS VON
VIDEOMAN

VM WURE IM VORFELD VOM RED BULL TV CHEF THOMAS
WATZEK ABGEWIMMELT MIT WORTEN WIE
EINEM RANGER TRAUT MAN EH ZU DASS ER SO VIELE
VERSCHIEDENE DINGE MACHT   ABER EINEM
ÜBERGEWICHTIGEN DER SOLCHE DINGE VERSUCHT UND
WAHRSCHEINLICH DABEI SCHEITERT WÜRDEN SICH
WAHRSCHEINLICH MEHR ANSEHEN.....

NUN GUT   VIDEOMAN LIES SICH NICHT ABWIMMELN

ER SCHICKTE EINEN PERSÖNLICHEN BRIEF AN DEN RED BULL
CHEF MIT GUTEN ARGUMENTEN UND VIELEN ANSCHAULICHEN

GESCHÄFTSIDEEN WIE DAS PROJEKT ZU EINEM GROSSEN
ERFOLG WERDEN KANN

JETZT FRÜHSTÜCKT ER MIT IHM DEM SELFMADE MILIARDÄR

DIDI MATESCHITZ IST EINER DER ERFOLGREICHSTEN
ÖSTERREICHER AUCH ER HATTE ES NICHT IMMER LEICHT

DAS IMAGE VON RED BULL DER LEISTUNGSGEDANKE UND
WERBEWERT VON VIDEOMAN SIND EINE GUTE KOMBINATION

BEI VIDEOMAN GIBT ES IMMER WIEDER VIELE STELLEN WO
WERBUNG FÜR RED BULL ZU SEHEN IST

SOVIEL WERBEZEIT UND DER VORGESCHRIEBENE
MINDESTGENUSS VON 4 DOSEN DIE WOCHE SIND KEIN
PROBLEM FÜR DEN ERSTEN VM

ER TRINKT ES SEHR GERNE   ES WIRKT AUF IHN
AUFPUTSCHEND   DAS WIRD ER ÖFTERS BRAUCHEN

DIE ANFÄNGLICHE SCHWIERIGKEIT MIT RED BULL EINEN
LUKRATIVEN DEAL ZU MACHEN IST SCHON GESCHICHTE

EINE ÜBERWUNDENE SCHWIERIGKEIT VERMAG
VIELE NEUE ZU VERMEIDEN

AUCH WENN ES GEDAUERT HAT

SELBST DER LANGSAMSTE ERREICHT SEIN
ZIEL SCHNELLER ALS DER DER KEINES HAT

DIE BILDER DIE VM UND SEIN TEAM LIEFERN   KÖNNTEN
DIREKT VON DER ÖSTERREICHWERBUNG STAMMEN

BLAUER HIMMEL 28° CELSIUS DIE WUNDERSCHÖNE
GARTENLANDSCHAFT RUND UM DIE GLORIETTE
SCHÖNBRUNN

DER RED BULL DEAL WAR DER WERTVOLLSTE

RED BULL HAT SICH AUCH GLEICH MIT 20% IN DIE FIRMA
VIDEOMAN EINGEKAUFT

OHNE DIESEN GLOBAL PLAYER WÜRDE ES DAS
UNTERNEHMEN VIDEOMAN IN DER FORM NICHT GEBEN

WEDER DIE GRÖSSE DES TEAMS DIE FAHRZEUGE VIELES
VOM TEUREM EQUIPMENT ODER SO PROFESSIONELLES
MARKETING WÜRDEN ZUR VERFÜGUNG STEHEN

ES WAR SCHON IMMER SO   GELD ZIEHT GELD AN

RED BULL WAR DER ERKLÄRTE WUNSCHPARTNER

UNSER LEBEN FOLGT UNSEREN WÜNSCHEN UND
TRÄUMEN

DARUM BIST DU REALIST WENN DU DIR EIN SCHÖNES
LEBEN ERTRÄUMST

ZUM FRÜHSTÜCK GIBT ES EIN KIPFERL MIT BUTTER UND
MARMELADE EINE WIENER MELANGE   EINIGE ZARTE
SCHEIBEN VOM GEBEIZTEN ALPENLACHS TOASTBROT   EIN
WEICHES EI WASSER FRISCHEN ORANGENSAFT VIDEOMAN
WIRD OFT DIE LOKALEN SPEZIALITÄTEN ZU SICH NEHMEN

ES TRIFFT SICH NATÜRLICH GUT   WENN ER DIESE SCHON
KENNT UND IN DIESEM FALL   SEHR GERNE HAT

ES IST INZWISCHEN 10:05 UHR

VIDEOMAN STARTETE VOR 000000007012 SEKUNDEN

LAUFEND ERREICHTE VIDEOMAN DEN FRÜHSTÜCKSPLATZ
BEGLEITET WURDE ER DABEI VON DEM ÖSTERREICHISCHEM
WIENMARATHONSIEGER MICHAEL KONRAD DER IMMER
WIEDER ALS FREMDENFÜHRER AGIERTE UND ERKLÄRTE
WELCHE GEBÄUDE UND ORTE GERADE ZU SEHEN SIND

JETZT LÄUFT IHM IM GESPRÄCH MIT DIDI MATESCHITZ FAST
DIE ZEIT DAVON

VIDEOMAN LIEFERT LAUFEND LAUFENDE BILDER

DIESE WERDEN ZUM TEIL MIT NEUER TECHNIK ODER
EIGENWILLIGEN BLICKWINKELN PRODUZIERT

ZB

DAS KAMERASYSTEM T A C

WELCHES VIDEOMAN IM VM MOBILE HOME ANGELEGT HAT
ZEIGT IM RUNDUMBLICK HEUTE LAUFEND
INTERESSANTE BILDER

T A C STEHT FÜR TOTAL ARROUND CAMERA

DAS INNOVATIVE ZEIGT SICH AM BILDSCHIRM BEIM
BETRACHTEN

DIE KAMERA AUF DER BRUST FILMT NACH VORNE

DIE KAMERA AM RÜCKEN NACH HINTEN
DIE SCHULTERKAMERAS NACH LINKS UND RECHTS

DIE BEWEGTEN BILDER WERDEN IM VIDEOMAN TV AUF
VIER BILDFLÄCHEN AUFGETEILT FRONT BACK LEFT RIGHT

DER FRONTBEREICH IST   GRÖSSER GEHALTEN

DARUNTER DIE BILDFLÄCHE BACK ETWAS KLEINER

LINKS UND RECHTS BEFINDEN SICH AUF MITTLERER
BILDSCHIRMHÖHE WIE BESCHRIFTET LEFT UND RIGHT

EINE UNGEWÖHNLICHE BETRACHTUNGSMÖGLICHKEIT

ABER SO BEKOMMT MAN MEHR   EIN UND RUNDUMBLICK

AUCH FLÜCHTIGE BILDER   KÖNNEN SICH
IN DEINER SEELE VERANKERN

DAS MEHRTEILIGE   T A C SYSTEM IST MITTELS FLEXIBLEN
BÄNDERN BEFESTIGT

WENN KOMMENDE AUFNAHMEN DAFÜR GEEIGNET
ERSCHEINEN   IST ES LEICHT AN BZW ABZULEGEN

OB DIESE BILDER GESENDET WERDEN ENTSCHEIDET
DAS SCHNITT/ TECHNIK TEAM

VON DIESEM STADTLAUF DER CA 52 MINUTEN GEDAUERT
HAT   WURDEN GERADE MAL 8 MINUTEN IM   T A C MODUS
ÜBERTRAGEN

DAS GESPRÄCH WÄHREND DES FRÜHSTÜCKS IST
INTERESSANT

DIDI MATESCHITZ ERZÄHLT VON SEINEN
ANFANGSSCHWIERIGKEITEN MIT RED BULL UND WIE SEIN
ZIEL VOR AUGEN UND SEINE BEHARRLICHKEIT IHM ZUM
DURCHBRUCH VERHOLFEN HABEN

„IN DEN SCHWIERIGSTEN ZEITEN UNSERES LEBENS HABEN
WIR DIE BESTEN MÖGLICHKEITEN UNSERE INNERE STÄRKE
ZU ZEIGEN" WAREN EINIGE DER WORTE DIE ER VIDEOMAN
AUF SEINEM WEG MITGAB

NACH EINEM FREUNDLICHEN „AUF VIDEOSCHAUN"

GINGEN DER ERFOLGREICHSTE UND DER DER ES WERDEN
WILL IHRER WEGE

OHNE HILFE ANZUNEHMEN ODER ZU GEBEN

WÜRDEN VIELE VIELES NICHT ERREICHEN

DIE HILFE VON RED BULL VERLIEH VIDEOMAN FLÜGEL
OHNE DIE ER WOHL NIE FLÜGGE GEWORDEN WÄRE

JEDER KENNT ODER FÜHLT NUR SELBST SEINEN FÜR IHN
RICHTIGEN LEBENSWEG

DAS SICH DER LEBENSWEG DER BEIDEN GEKREUZT HAT
IST SO ALS WÜRDE VIDEOMAN GLEICH HINTER SEINEN
TRÄUMEN INS LEBEN SPRINGEN UND VON EINEM
LEHRMEISTER DAS GASPEDAL GEZEIGT BEKOMMEN

DURCH RED BULL WURDE DER VIDEOMAN KARREN
AUFFRIESIERT AUF DIE PISTE DES LEBENS GESTELLT

WIEVIEL FAHRT DAS VEHIKEL NUN AUFNIMMT BESTIMMEN
ANDERE   WIR   WIR ALLE

DAS VEHIKEL DAS VIDEOMAN NUN STEUERN DARF IST EIN
FORD MUSTANG GT CABRIO

MIT 304 PS UNTER DER HAUBE

DAS GESCHENK DER FIRMA FORD HAT DEN PREIS VON 50
AUSFAHRTEN DIE INNERHALB EINES JAHRES ZU
ABSOLVIEREN SIND

ES GIBT SCHLIMMERES ALS MIT DIESEM TOLLEN GERÄT IM
VIDEOMANSTYLING DURCH DIE GEGEND ZU KURVEN

VIDEOMAN DARF AUCH ANDERE AUTOMARKEN TESTEN UND
FAHREN

VERTRÄGE BINDEN IHN NUR AN DIE FÜNFZIG AUSFAHRTEN
MIT EINER 20 KILOMETER MINDESFAHRTLEISTUNG

GERNE DOCH   IST JA EIN TRAUMAUTO

MIT DIESER WUNDERSCHÖNEN RAKETE FÄHRT VIDEOMAN IN
42 MINUTEN ZUM PARKPLATZ BEI DER HOHENWAND

WENN MAN SO BEOBACHTET WIRD HOLT MAN EINE GUTE
KURZE   FAHRTZEIT NUR MIT BESCHLEUNIGEN UND SPÄT
BREMSEN HERAUS   DENN REGELVERSTÖSSE WÜRDE MAN
LIVE SEHEN....

DAS AUGE DES GESETZES   HAT NATÜRLICH AUCH EINES
AUF VIDEOMAN GEWORFEN

AUCH WENN JUSTIZIA BLIND IST   WÜRDEN WIR SEHEN
DAS SIE   NICHT WEGSIEHT

ES IST 10:47 UHR

MIT ANGEZOGENER HANDBREMSE IST VIDEOMAN MIT EINEM
KLEINEN DRIFT IN DIE VORRESERVIERTE PARKLÜCKE
GEHECHTET

DIE BEIDEN NEBEN IHM RESERVIERTEN PARKPLÄTZE
WERDEN VOM VM MOBILEHOME UND DEM
ÜBERTRAGUNGSWAGEN BELEGT WERDEN

SIE HECHELN DEM SPORTWAGEN HALT NOCH HINTERHER

DAS SPORTLICHE VM KLETTEROUTFIT LIEGT SCHON
VORRAUSSCHAUEND IM SPORTWAGEN

ANDY WAR BEI DER FAHRT AUS WIEN DER BEIFAHRER

DAS DRESS UND DIE KLETTERSTEIGAUSRÜSTUNG WIRD
FACHGERECHT ANGELEGT

BEIDE GEHEN SCHON MAL LOS

DER ZUSTIEG VOM PARKPLATZ ZUM WANDFUSS IST ZUM
GLÜCK NICHT WEIT

IN 12 MINUTEN SIND SIE VOM SONNENUHRWANDPLATZ BEIM
EINSTIEG IN DEN HTL(ÖTK) STEIG

DER SÜDOST AUSGERICHTETE KLETTERSTEIG IST SEHR
KRAFTRAUBEND UND SCHWEISSTREIBEND

AN SO EINEM HEISSEN UND SONNIGEN TAG WIE HEUTE DARF
VM VOR LAUTER VM WAHNSINN UM IHN HERUM NICHT AUF
AUSREICHENDES TRINKEN VERGESSEN

DAS TEAM IST INZWISCHEN UNTEN ANGEKOMMEN

VINZENZ KRIEGLACHER DER BERGFÜHRER IST SCHON
VORRAUSGEFAHREN UND ERWARTET UNS SOWIE CA 100
SCHAULUSTIGE AM EINSTIEG IN DEN SCHWIERIGSTEN
KLETTERSTEIG IN WIENNÄHE

UNTEN AM PARKPLATZ SIND CA 400 VM FANS WELCHE
DORT DER DINGE HARREN DIE DA KOMMEN MÖGEN

VIELE SIND ERST IM ANMARSCH

DIE VORVERLEGUNG DER KLETTEREI WELCHE MAN FÜR DEN
FRÜHEN NACHMITTAG PLANTE   ÜBERRASCHTE EINIGE

VINZENZ BAT DIE LETZTEN 20 MINUTEN DASS KEINER MEHR
IN DEN STEIG HOCHKLETTERN SOLLTE

BIS AUF ZWEI JUNGE WIENER DIE SICH NICHT DAVON
ABHALTEN LIESSEN WAR DER WEG FREI FÜR EINEN
ZÜGIGEN AUFSTIEG

EIN PROMINENTER BERGSTEIGER DER ZUR HÄLFTE AUCH
AUS DEM BEZIRK NEUNKIRCHEN STAMMT   STEIGT MIT HOCH

PETER HABERLER   EINST GEFEIERTER ERSTBESTEIGER
DES MOUNT EVEREST MIT REINHOLD MESSNER

PETER HABERLER GEHT VORRAUS LOCKER VON
ABENTEUERN ERZÄHLEND DOCH SEHR ZÜGIG

VM WAR SCHON ÖFTER IM TRAINING AUF DIESEM STEIG

ÖFTERS GAB ES AUCH SCHON EINEN STAU DA
SICH   LEUTE ÜBER UND DEN STEIG UNTERSCHÄTZTEN

WAS DIR EIN MOMENT AN GROSSEN EMOTIONEN
GIBT   NIMMT ER DIR AN   OBJEKTIVITÄT

DA VM NICHT BEKLAGT WAS NICHT ZU ÄNDERN IST
SONDERN ÄNDERT WAS ZU BEKLAGEN IST BAT ER VINZENZ
DEN STEIG EINIGE ZEIT VORHER FREI ZU HALTEN

EIGENTLICH IST ES VM ZUWIDER SICH VORZUDRÄNGEN ODER
SICH WICHTIG ZU MACHEN

DA ES ABER DEM PROJEKT NICHT DIENT WARTEND IM STEIG
ZU HÄNGEN BAT MAN EBEN DIE STEIGASPIRANTEN UM DEN
GEFALLEN

DAHER BEDANKTE SICH VM AUCH SEHR FREUNDLICH BEI DEN
ANWESENDEN SPORTLERN BEIM EINSTIEG

DANKBARKEIT IST EIN LEBENSELEXIR VON VIDEOMAN

DIE DANKBAREN MENSCHEN SIND DIE GLÜCKLICHEREN

VON NUN AN GINGS BERGAUF

NACH DER ERSTEN RAMPE GLEICH ZU EINER
SCHLÜSSELSTELLE   SEHR STEIL   STELLENWEISE SOGAR
ÜBERHÄNGEND

DER PULS RAST AUF 175 SCHLÄGE PRO MINUTE

ALLE SEHEN ES   HÖHREN SEIN SCHNAUFEN   SEHEN IN
NAHAUFNAHMEN DEN SCHWEISS FLIESSEN

DAS LEBEN BEGINNT DORT
WO DIE KOMFORTZONE ENDET

VM WEISS DASS ER SEIN TEMPO GEHEN MUSS UND NICHT
ÜBERPOWERN DARF

WENN EINER SO ZÜGIG VORGEHT UND DABEI NOCH LOCKER
PLAUDERN KANN   KANN ES SCHON MAL PASSIEREN DASS
MAN NICHT   IN SICH REINHÖHRT

SICH STÄNDIG SAUBER EINHÄNGEN   TIEF DURCHATMEN
KURZ MAL DIE ARMEN ARME AUSSCHÜTTELN

DER OSTTIROLER BERGFÜHRER VINZENZ   HAT SICH IM
VORFELD   VIER STANDPLÄTZE   NEBEN DEM STEIG GEBAUT

VON DENEN AUS LIEFERT ER SPEKTAKULÄRE AUFNAHMEN

AUCH DIE ZWEI DROHNEN   FLIEGEN IMMER WIEDER   LAUT
SURREND   NAH HERAN

VM MUSS FOKUSSIERT BLEIBEN   SEINEN WEG MUSS ER
SELBST GEHEN   KLETTERN STEIL KLETTERN

LEISTUNG   BEGINNT NUN MAL DANN
WENN ES ANFÄNGT SCHWIERIG ZU WERDEN

DER ERSTE VIDEOMAN HAT DAS PROBLEM DAS EINE LEICHT
AUSGEPRÄGTE HÖHENANGST VERSPÜRT

KOMISCHERWEISE HAT ER DIE MEIST NUR BIS CA 30
HÖHENMETER

AB CA 50 HÖHENMETER WIRD ER WIEDER ENTSPANNTER

GANZ GROSSE HÖHEN BEIM FALLSCHIRMSPRINGEN ODER
PARAGLIDEN FASZINIEREN IHN MEHR ALS DASS SIE IHM
ÄNGSTLICHER MACHEN WÜRDEN

JA JEDER MENSCH IST HALT EIN UNIKAT
MIT VORZÜGEN UND SCHWÄCHEN

SEIN PULS BERUHIGT SICH METER FÜR METER

DER BLICK HINUNTER WIRD IMMER SPEKTAKULÄRER

DIE NATUR ZIEHT HIER ALLE REGISTER

UND VIDEOMAN DEN HUT VOR IHR

DAS WUNDER DES LEBENS UND DER NATUR KANN ER IMMER
NUR STAUNEND BETRACHTEN UND WIR JETZT MIT IHM

VIDEOMAN HAT SICH VIELE ZITATE UND SPRÜCHE IM
VORFELD ÜBERLEGT DIE ER AN GEEIGNETER STELLE VON
SICH GEBEN WILL

NEBEN DEN BILDERN SEINER HELM UND BODYCAM IST AUCH
EIN MINI HEADSET FIXIERT

SO KANN MAN AUCH HÖREN WAS ER SO VON SICH GIBT

...WENN DAS SCHNITT TECHNIK TEAM DAS SO ENTSCHEIDET

SIND OFT AUCH SOUNDSIGNATIOS UND UNTERMALUNGSMUSIK
ZU HÖREN

VIELE DER EIGENS FÜR VIDEOMAN KOMPONIERTEN
AUDIODATEIN WURDEN VON OTTO M SCHWARZ PRODUZIERT

DIESER HAT EIN RIESIGES TALENT DAFÜR

DER ORF UND EINIGE REGISSEURE HABEN DIES ERKANNT UND
VIELES VON IHM KANN MAN IM FERNSEHEN HÖREN

VON JUGEND AN KANNTE IHN VM ALS MUSIKPROFI

ER SPIELTE SCHON ALS JUGENDLICHER VIELE VERSCHIEDENE
INSTRUMENTE UND KANN SEINE FÄHIGKEITEN NUTZEN WIE
KAUM EIN ANDERER

OTTO M SCHWARZ WAR SEHR GEWIEFT BEI SEINEN
PREISVERHANDLUNGEN

ER WOLLTE KEIN SCHNELLES GELD   ABER EINE KLEINE
BETEILIGUNG   AN DER FIRMA VIDEOMAN

ER WEISS WIE SEHR GUTE AUFNAHMEN VON MUSIK
GUTER MUSIK PROFITIEREN

ALLES ERSCHEINT SO VIEL PROFESSIONELLER

EINPRÄGSAMER

MIT DER RICHTIGEN   MUSIK ZUR RICHTIGEN ZEIT

DER KLANG GUTER MUSIK   KANN EIN TOR ZU DEINEM
HERZ ÖFFNEN   EINEM LICHTSTRAHL GLEICH
DUNKELROT ERWÄRMEND   EINE KAMMER
ENTDECKEND   DIE DU BISLANG NOCH NICHT GEKANNT

MUSIK IST EINE SPROSSE   AUF DER LEITER ZUM
ERFOLG VON VIDEOMAN

VIDEOMAN VERSUCHT MIT SEINER LEISTUNG UND PRÄSENZ
BEIM PUBLIKUM ZU PUNKTEN   ABER IHM IST KLAR

WENN ER GROSSE TÖNE SPUCKT ÜBERHÖRT MAN DIE KLEINEN

ABER DIE   MACHEN ERST DEN SCHÖNEN KLANG AUS

WER HOCHZUSTEIGEN BEGINNT   SOLLTE DIE
FALLTIEFE BEACHTEN

VIDEOMAN STEIGT DIE WAND GERADE SCHNELL HOCH

GEHT ER ES ZU SCHNELL AN   GEHT IHM DIE LUFT AUS

ER BRAUCHT FÜR SEIN VORHABEN ABER EINEN LANGEN
ATEM

„PENG"   UNVERMUTET KNALLT EIN KLEINER STEIN
VON OBEN HERAB   AUF DEN HELM VON VM

DIESER WAR ZUM GLÜCK NUR CA 1 CM GROSS

GLÜCK GEHÖRT ZUM LEBEN

DER ERSTE VIDEOMAN HAT MIR EINMAL ERZÄHLT WIE ER IM
ABSTIEG VON DER RAX FAST GESTORBEN WÄRE

BEI SEINER ALPINAUSBILDUNG BEIM JAGDKOMMANDO
STÜRZTE EIN FELS   MIT CA 50 KG   DIE WAND HINAB   ER
BEFAND SICH EINGEHÄNGT AUF EINER LEITER IM
ALPENVEREINSSTEIG

DER FELS SCHLUG NUR EIN PAAR METER VOR IHM AUF UND
EIERTE CA 30 CM ÜBER IHN MIT RASENDER
GESCHWINDIGKEIT

DA DER FELS VON HOCH OBEN KAM WÄRE EIN TREFFER
WOHL TÖDLICH AUSGEGANGEN   GLÜCK GEHABT SONST
GEBE ES WOHL KEINEN VIDEOMAN

DAS LEBEN IST LEBENSGEFÄHRLICH

JEDEN TAG FÜR SICH ZU ZÄHLEN
JEDEN TAG ALS GESCHENK ZU SEHEN

SO KANN MAN SICH ALS VOM LEBEN BESCHENKT SEHEN

ETWAS GELASSENHEIT NOCH DAZU
DASS SCHÄRFT DEN BLICK FÜR DAS WESENTLICHE

VIDEOMAN WILL DEM ZUSEHER VIEL BIETEN

VIELE GEFÄHRLICHE DINGE PROBIEREN BZW MACHEN

WIR KÖNNEN UNS ZURÜCKLEGEN UND BEOBACHTEN

ER ERLEBT FÜR UNS DINGE DIE WIR SCHON EINMAL GERNE
HÄTTEN MACHEN WOLLEN UNS ABER NICHT DAZU
ÜBERWINDEN KONNTEN

UNZUFRIEDENHEIT ENTSTEHT DURCH UNERFÜLLTE
WÜNSCHE

STEUERT MAN SEINE WÜNSCHE   STEUERT MAN SEINE
ZUFRIEDENHEIT

VIDEOMAN ERFÜLLT SICH SO GUT WIE ALLE WÜNSCHE   ICH
GLAUBE   WIR BRAUCHEN IHN NICHT ZU FRAGEN OB ER
GLÜCKLICH IST

DAS LEBEN IST EINE REISE

GLÜCK FINDEN WIR AUF DEM LEBENSWEG   NICHT AN
SEINEM ENDE

DIE WAND DIE VIDEOMAN HOCHKLETTERT BEGRENZT
SEINEN HORIZONT

HAT ER IHN ERREICHT   ERÖFFNEN SICH NEUE HORIZONTE

BEIM KLETTERN   IST JEDER   DER ES MACHT

IM HIER UND JETZT

IST MAN ES DABEI NICHT   IST DIE CHANCE GROSS   NICHT
MEHR LANGE   IM HIER UND JETZT ZU VERWEILEN

90 MINUTEN KLETTERZEIT IST GEPLANT

VIDEOMAN NIMMT IM OBEREN BEREICH DES
KLETTERSTEIGES   DIE RECHTE VARIANTE

LINKS GINGE DIE VARIANTE MIT DEM NAMEN BLUTSPUR
NACH OBEN

DIESE ROUTE   IST KÜRZER   ABER SCHWIERIGER

AUF EINER FURCHTEINFLÖSSENDEN AUSGESETZTEN STELLE

HAT SIE PLÖTZLICH EIN DÜNNES SICHERUNGSSEIL

DIESES WÜRDE WOHL BEI ZUG EINE TONNE GEWICHT HALTEN
KÖNNEN   ABER ANGST SPIELT SICH JA MEIST MEHR IM KOPF
AB

ZU TODE GEFÜRCHTET   IST AUCH GESTORBEN

VIDEOMAN NIMMT DIE RECHTE VARIANTE

VOR ALLEM WEIL DIE VIELEN ZUSEHER VOM SKYWALK UND
OBEN VOM WANDRAND GUT ZUSEHEN KÖNNEN WENN ER
HOCHKLETTERT

DIESE AUSSTIEGSVARIANTE LIEBT ER

ES GEHT RASCH VORAN AUF SCHRÄGEN GRIFFIGEN PLATTEN
WELCHE VON LÖCHER UND SANDUHREN DURCHSETZT IST

NOCH 10 HÖHENMETER   JETZT IST ER OBEN

APPLAUS BRANDET AUF   ES IST 12:28 UHR

DIE VM-WATCH-ONE ZEIGT 165 PULS

182 WAR DER HEUTIGE PULSHÖCHSTWERT

VIDEOMANZEIT 000000015712 SEKUNDEN

KALORIENVERBRAUCH SEIT DEM START 2120 KALORIEN

AM HIMMEL KANN MAN SCHON DIE ERSTEN KLEINE WOLKEN
SEHEN

VIDEOMAN GEHT ZÜGIG VON BEWUNDERNDEN BLICKEN
BEGLEITET ZUM STARTPLATZ FÜR DIE PARAGLIDER

VINZENZ HAT DEN SCHIRM SCHON VORBEREITET

SCHNELL AUS DEM KLETTERSTEIGSET   EINEN SCHLUCK
TRINKEN   EINEN VM EIWEISRIEGEL RUNTERSCHLINGEND
WIRD DER PARAGLIDERSCHIRM FACHGERECHT   MIT DEM
GURTZEUG   AM VIDEOMEN FIXIERT

FERTIG FÜR DEN NÄCHSTEN NERVENKITZEL

RUNTERGEHEN WÄRE JA UNCOOL FÜR VIDEOMAN

DER SCHRITT VOM KLETTERN   WO MAN SICH JA ANHÄLT
AM FELS   UM NICHT ZU FALLEN   ZUM FALLEN LASSEN
UND GLEITEN   IST EIN ÜBERWÄLTIGENDES GEFÜHL FÜR DEN
KÖRPER

NOCH ZWEI BISSEN VOM VM RIEGEL MIT
HASELNUSSGESCHMACK DANN GEHT'S LOS

DEN VM RIEGEL GIBT'S AB JETZT BEI SPAR   ADEG   BILLA
UND DROGERIEN UM EURO 2,90 FÜR 3 STÜCK

GÜNSTIG UND GUT   WIE SO VIELES VON VIDEOMAN

ALLMÄHLICH WIRD VIELEN KLAR WARUM VM EINIGER JAHRE
VORBEREITUNGSZEIT BEDURFTE

GUT DING BRAUCHT WEILE

WAS ERDACHT WERDEN KANN

KANN AUCH GEMACHT WERDEN

DER EIWEISRIEGEL   UND   DAS LEBEN IST KÖSTLICH
MAN MUSS NUR DEN MUT HABEN   SEIN EIGENES MENÜ ZU
MACHEN

VM ATMET EIN PAAR MAL KRÄFTIG DURCH UND
FOKUSSIERT AUF DEN START UND DIE KOMMENDEN
FLUGMANÖVER

DER PULS GEHT WIEDER UM 20 SCHLÄGE HÖHER

LOS GEHT'S

DIE WINDRICHTUNGSANZEIGER STEHEN GUT NUR LEICHTER
SEITENWIND

VIDEOMAN HAT SCHON 30 FALLSCHIRMSPRÜNGE ABER
ERST 12 PARAGLEITERFLÜGE HINTER SICH

ER RUFT SICH NOCH MAL DIE LENK UND LANDEMANÖVER INS
GEDÄCHTNIS

150 PULS ER GEHT ZÜGIG DEN SCHIRM AUFZIEHEND AUF
DIE GELÄNDEKANTE ZU

DER SCHIRM HEBT IHN SCHON 8 METER VOR DER KANNTE
LEICHT AN

JETZT IST ER AM FLIEGEN EIN HERRLICHES GEFÜHL

BEQUEM IN DIE GURTE SETZEN DURCHATMEN DER PULS
ENTSPANNT SICH SICHTLICH

VOGELGLEICH ZU FLIEGEN EINES DER SCHÖNSTEN DINGE
AUF DER WELT WENN MAN SICH TRAUT

VM IST MIT SEINEM PARAGLIDER IM VM STYLING UNTERWEGS
ALEINE IST ER NICHT

NICHT EINMAL HIER IN DER LUFT

AN DIE ZWANZIG MUTIGE TUMMELN SICH HIER ENTLANG
DER HOHEN WAND

ALLE NUTZEN DIE GUTE THERMIK DIE HIER HEUTE
HERRSCHT   VM GENIESST DIESE AUGENBLICKE

WENN MAN DOCH NUR BESTIMMEN KÖNNTE IN WELCHEN AUGENBLICKEN WIR VERHARREN KÖNNTEN

VM GENIESST DEN AUGENBLICK

ER FLIEGT DER GELÄNDEKANTE ENTLANG ZUM SKYWALK

DIE ZUSEHER JUBELN   ALS SIE ERKENNEN WER DA AN
IHNEN VORBEISCHWEBT   VOGELGLEICH

LEIDER IST DIE ZEIT BEGRENZT

DAS WETTER UND DIE KOMMENDEN AKTIVITÄTEN DRÄNGEN
ZUR EILE

IM VORBEIFLIEGEN HAT VM SCHON DAS STÄHLERNE V
GESEHEN

ES RAGT SECHS METER NACH VORNE UND IST FEST MIT DEM
SKYWALK VERBUNDEN

ES IST DER SKYWALK-SHOOTUP-POINT

ETWAS VÖLLIG NEUES

RISKANT   FÜR UND VON   VIDEOMAN   ERDACHT

EINE MEGAZWUSCHEL

BIS ZU 8 G SOLLEN DABEI KURZZEITIG ERREICHT WERDEN

OBEN WIRD DIE PLATTFORM SICHERHEITSHALBER GERÄUMT

BUNGEESEILE   MIT EXAKT GLEICHWERTIGER ZUGKRAFT
WERDEN VON DEN BEIDEN AUSLEGERN WELCHE EIN V BILDEN
AN SEILEN   HINUNTER GEZOGEN

MIT EINER VORSPANNVORRICHTUNG WERDEN SIE 250 METER
IN DIE TIEFE GEZOGEN

UNTEN   GANZ NAH AN DER WAND WURDE EXTRA EINE EBENE
AUFGESCHÜTTET

DIE EBENE IST CA 20 METER BREIT UND VIER METER BREIT

AUF IHR   SO IST DAS ZIEL   SOLL VM   DEN GLEITSCHIRM
LANDEN   UM BALD DARAUF   IN REKORDZEIT ÜBER DIE
KANTE   WIEDER HOCHFLIEGEND HÖHE ZU GEWINNEN

NO RISK   NO FUN

IN EINEM INTERVIEW   IM VORFELD SAGTE MIR VIDEOMAN
DASS ER DEN STUNT   FÜR EINEN DER GEWAGTESTEN UND
RISKANTESTEN HÄLT DIE ER MACHEN WIRD

IN VERSUCHEN   HAT MAN VIERMAL   DUMMIS MIT 80 KG

NACH OBEN GESCHOSSEN

BIS AUF DEN ERSTEN VERSUCH GING ES IMMER GUT

ABER BEIM ERSTEN VERSUCH DACHTE MAN SICH SCHON
DASS ES MEHR ZUGKRAFT BENÖTIGEN WÜRDE

DIE VERSUCHSDUMMIS HATTEN SELBSTÖFFNENDE
FALLSCHIRME UMGEHÄNGT

DIE ÖFFNUNGSVORGÄNGE VERLIEFEN REIBUNGSLOS

EIN MENSCH HAT DIES BISLANG NOCH NIE VERSUCHT

VIDEOMAN DARF DER ERSTE SEIN

ALLES IM LEBEN KANN VERGNÜGEN BEREITEN

UND WENN ES DAS VERGNÜGEN IST
DARAUF VERZICHTEN ZU KÖNNEN

VIDEOMAN IST KLAR   FÜR SEIN UNTERNEHMEN HAT ER
FEUER GEFANGEN

ER MUSS ABER DARAUF ACHTEN   NICHT DARAN ZU
VERBRENNEN

VIDEOMAN LANDET SEINEN FLUG ALS HÄTTE ER ES SCHON
HUNDERT MAL GEMACHT

DEN FLUG ABSOLVIERTE ER IN 12 MINUTEN

GERNE HÄTTE ER DIE THERMIK AUSGEREIZT UND WÄRE NOCH
15 MINUTEN GEFLOGEN

DIE GELIEFERTEN DROHNEN UND HELMKAMERAAUFNAHMEN
WAREN GROSSARTIG

VIELE VM ZUSEHER HATTEN SO EIN   WOW GESICHT

AUS SO EINEM BLICKWINKEL SIEHT HALT EIN NORMALO DIE
WELT NIE

NUN GEHT ES FÜR VM UM ALLES

DIE GEFAHR LÄSST IHN ALLES NOCH INTENSIVER ERLEBEN

DAS LEBEN IST OFT WIE EIN SPIEL

MAN MACHT KEINE GRÖSSEREN GEWINNE
OHNE VERLUSTE ZU RISKIEREN

VM RISKIERT ALLES   SEIN LEBEN   ALL IN

IST DIES IN DIE HÖHE SCHNELLENDE
IN DIE HÖHE SCHNELLENDE EINSCHALTZAHLEN WERT?

ODER ZAHLT ER JETZT EINEN ZU HOHEN PREIS

OFT VERLEITET DER GEDANKE   DIE TAT ZUM TUN

VM WIRD ES TUN   FÜR DAS PROJEKT

FÜR SEIN EGO   FÜR ALLE   ANGST IST DABEI EIN
SCHLECHTER RATGEBER

AM SKYWALK-SHOOTUP-POINT SIND EINIGE VOM VM TEAM

SIE HELFEN IHM BEIM ABLEGEN VOM PARAGLIDERSET

JETZT BEKOMMT ER EINEN FALLSCHIRM UMGESCHNALLT
UND AUCH DIE ERPROBTE RESERVE MIT AUTOMATISCHER
AUSLÖSEVORRICHTUNG

OBEN AM SKYWALK IST EINE GROSSE HIGHSPEEDKAMERA
IN STELLUNG GEGANGEN

SIE WIRD HOCHAUFLÖSEND EXTREM HOCHFREQUENTE
BILDERFOLGEN FILMEN WELCHE DANN IN SUPERZEITLUPE
AUSGESTRAHLT WERDEN KÖNNEN

ALLE HOFFEN NACHDEM EIN SPRECHER ERKLÄRT HAT WAS
NUN ABGEHT DASS ES MIT VIDEOMAN WEITER
HOCH UND AB ABER NICHT ZU ENDE GEHT

EIGENTLICH IST DIESE ÜBUNG HIER FÜR VIDEOMAN EINFACH

ABER EINFACH IST NICHT EINFACH

EINFACH IST OFT AM SCHWIERIGSTEN

ER BRAUCHT SICH NUR IN DIE FÜR IHN UND DEN FALLSCHIRM
AUSGESCHÄUMTE HALBKUGEL ZU LEGEN

DEN REST MACHEN FLIEH UND SCHWERKRAFT

DER KOPF WILL OFT DASS MAN AM SICHEREN WEG BLEIBT

OFT DENKEN WIR ZUVIEL

DOCH GERADE DIE VERÜCKTEN IMPULSE SIND GENAU DAS
WAS UNS DAS LEBEN SPÜREN LÄSST

DAS LEBEN GIBT DIR NICHT OFT

GROSSE CHANCEN NUTZE SIE

DIESE SCHRÄGE AKTION WIRD SICH IM NACHHINEIN
GESEHEN WIE EIN TURBO AUF DIE ZUSEHERZAHLEN
AUSWIRKEN

ALLE WERDEN ÜBER DAS WAS ES BISHER NOCH NICHT GAB
REDEN

VIELE DINGE MUSS MAN OFT SEHEN EHE MAN SIE
RICHTIG SIEHT

BERECHNUNG STEHT OFT HINTER MANCHER SENSATION

VIDEOMEN HOFFT DIE BERECHNUNG STIMMT AUCH IM
VERGLEICH VON DUMMIGEWICHT UND SEINEM
KÖRPERGWICHT MIT FALLSCHIRMEN

BEVOR ER SICH IN DIE SCHALE LEGT GEHT ER NOCH SCHNELL
ZU CARINA HUFNAGEL UND FLÜSTERT IHR INS OHR
„ICH FINDE DICH SO TOLL   ICH STEH AUF DICH   DA ES SEIN
KANN DASS WIR UNS NICHT MEHR SEHEN   WOLLTE ICH DIR
DAS NOCH GESAGT HABEN" DIE ÜBERRASCHTE CARINA
BEKOMMT RÖTLICHE WANGEN UND GIBT IHM VERLEGEN EIN
BUSSERL AUF DIE WANGE UND WÜNSCHT IHM ALLES GUTE
ZUM FLUG

IN DEN VIELEN TRAININGSTAGEN DER VORBEREITUNGSZEIT
HAT VM NIE ERWÄHNT DASS ER EIN AUGE AUF SIE
GEWORFEN HAT

ABER JETZT IM ENDORPHINRAUSCH   IST ES IHN EINFACH
ÜBERKOMMEN

ALLEIN DER MÖGLICHE VERLUST VON ETWAS

KANN UNS SCHON FÜHLBAR   SEINEN WERT
VOR AUGEN FÜHREN

10 – 9 - 8 - 7 - 6 - 5 - 5 - 4 - 3 - 2 - 1

„KAWUMMM"

VIDEOMAN WIRD MIT UNGLAUBLICH BELASTENDER GESCHWINDIGKEIT ÜBER DEN SKYWALK NACH OBEN GESCHOSSEN

GERADE MAL EIN METER SIND LINKS UND RECHTS LUFT ALS ER MIT 190 KMH AN DEN TRAVERSEN VORBEIZISCHT

UNGEFÄHR 170 HÖHENMETER ÜBER DER GELÄNDEKANTE GEWINNT DIE SCHWERKRAFT WIEDER OBERHAND

EINER DER UMHERSCHWIRRENDEN PAPRAGLEITER HIELT SICH NICHT AN DIE VOM SPRECHER GEFORDERTEN 100 METER SICHERHEITSABSTAND UND FLOG FAST NUR ZWANZIG METER ENTFERNT ZUM SKYWALK UM ES SCHÖNER ZU SEHEN WAS DA GESCHIEHT

ER BEKAM DEN SCHRECK SEINES LEBENS ALS DA DIE MENSCHLICHE KANONENKUGEL AUS DER TIEFE AN IHM VERBEIZISCHTE

VM LÖSTE SICH GUT AUS DER SCHALE SIE WURDE GLATT GESTALTET DAMIT ES DANN GLATT GEHT

DIESER AUGENBLICK IST DER GEFÄHRLICHTE PULS 145 OHNE KÖRPERLICHE AKTIVITÄT

DIE BELASTUNG FÜR DEN KÖRPER IST KURZ ABER EXTREM

VM BLEIBT BEI BEWUSSTSEIN

DEN MENSCHLICHEN FAKTOR GILT ES ZU BERECHNEN

ES IST ABER EINE SCHWERE ÜBUNG

WIR ALLE SIND EINZIGARTIG   AUCH UNSERE LIMITS

DER ABSCHUSSWINKEL WAR SO GEWÄHLT DASS ES VON
UNTEN NACH OBEN GESEHEN ETWAS WANDABGEWANDT
HOCHSCHNELLT

ES HAT FUNKTIONIERT

VM KANN DEN FALLSCHIRM CA 20 METER VON DER WAND
ENTFERNT ZIEHEN IN EINER HÖHE VON UNGEFÄHR
50 METER ÜBER DER WAND

WIE LANGE ES BRAUCHT   BIS MAN SICH SAMMELN KANN
UND DEN SCHIRM ZIEHEN WAR FRAGLICH

SOLCHE AKTIONEN ÜBERFORDERN DEN NORMALEN MENSCHEN
ER BRAUCHT ZEIT UND ÜBUNG UM DAMIT KLARZUKOMMEN

ES IST EINFACH ÜBERWÄLTIGEND FÜR DEN GEIST

DIE SCHWERKRAFT   DEN WIND   DRUCK   ANGST SO
EXTREM KONZENTRIERT ZU ERLEBEN

VM HAT ES GEMEISTERT

VIDEOMAN KANN   WIE VOR KURZEN MIT DEM PARAGLEITER
MIT EINEM ÄHNLICHEN SCHIRM   IN DIE TIEFE FLIEGEN

DIESMAL FLIEGT ER WEITER   ZU DEM PARKPLATZ
SONNENUHRWAND WO DIE AUTOS PARKEN

EIN PROBLEM TUT SICH KURZ VOR DER LANDUNG AUF
ÜBERALL AUF DER WIESE SIND SCHAULUSTIGE
BEI DER LANDUNG MUSS ER DIE LEUTE WEGSCHREIEN UND
KOLLIDIERT BEINAHE MIT EINEM JUNGEN MÄDCHEN

MACHE WAS DU FÜRCHTEST
UND DIE ANGST WIRD DIR FREMD

ES WAR EINE VERRÜCKTE IDEE   DIE VM MIT DEM
SKYWALK-SHOOTUP-POINT HATTE
ABER   ER   ER UND ÜBERLEBTE ES

DIE NÄHE DES   SCHATTENS LÄSST DICH DAS
LICHT   BEWUSSTER   EMPFINDEN

DAS ADRENALIN UND ENDORPHIN SÜPPCHEN   KOCHT   IN DEN
ADERN VON VIDEOMAN

ER KÖNNTE DIE GANZE WELT UMARMEN   HÄTTE ER NUR
ARME DIE LANG GENUG WÄREN

BEI DER GEGLÜCKTEN LANDUNG RUFT ER LAUTHALS
„YEAAAHHH!"

WER FREUDE   EMPFINDEN KANN
VERMAG GLÜCK ÖFTERS ALS SOLCHES ZU DEUTEN

DIE AUFNAHMEN DIE DA HEUTE UM DIE WELT GEHEN SIND
EINZIGARTIG   AUFREGEND   UND   LIVE

ES SPIELT AM LANDPLATZ EINE LIVEBAND

NOCH UNBEKANNT ABER MIT VIEL POTENZIAL
SEILER UND SPEER

VIELLEICHT WIRD DIESER GIG MIT VIEL PUBLIKUM AUCH FÜR
SIE ZU EINEM TURBO

AUSGEMACHT IST   DASS SIE MINDESTENS VIER LIEDER
SPIELEN   VIDEOMAN WIRD SICH JEDOCH NUR EINES
ANHÖREN

EINE GROSSE LEINWAND   VERKAUFSSTAND   EINE
WÜRSTELBUDE   DIE STIMMUNG IST FAST WIE AUF EINEM
VOLKSFEST

O(H)RAL GENOSSENE MUSIK ZERGEHT EINEM AUF DER
ZUNGE

SO WIE SICH VM DIE ZUKUNFT VORSTELLT SO ÄHNLICH WIRD
SIE AUCH KOMMEN

DER MENSCH IST   WAS ER DENKT ZU SEIN

WAS ER DENKT   STRAHLT ER AUS

WAS ER AUSSTRAHLT   ZIEHT ER AN

GESETZMÄSSIGKEITEN BESTIMMEN UNSER LEBEN

AUCH WENN WIR SIE NICHT VERSTEHEN
WIR MÜSSEN UNS NACH IHNEN RICHTEN

SONST RICHTEN SIE UNS

AUF GEHT'S   WEITER GEHT'S

VM SETZT SICH AUF SEIN VM BIKE VON DER FIRMA SCOTT

ES IST EIN TOPMODELL   VM EDITION XT AUSFÜHRUNG

27 GÄNGE ..... NUR TRETEN MUSS MAN NOCH SELBER

VOM PARKPLATZ ZUM FRUCHTSAFTHERSTELLER
MOHR SEDERL GEHT ES FAST NUR BERGAB UND IST FAST EIN
KATZENSPRUNG MIT DIESEM VOLLGEFEDERTEN RAD

NUR FÜNF MINUTEN DAUERT DIE RASANTE ABFAHRT ZUM
MOHR SEDERL DER AUCH EINEN GUTEN HEURIGEN FÜHRT

IN ZWEIERSDORF ANGEKOMMEN WIRD JETZT EINE
VERDIENTE HEURIGENJAUSE GESCHLEMMT

GUTES ESSEN UND TRINKEN HÄLT LEIB UND SEELE
ZUSAMMEN

AUCH SELBSTGEBRANNTE TOLLE SCHNÄPSE GIBT ES HIER
IM ANGEBOT

VM HAT NACH DER DEFTIGEN JAUSE MIT EINEM KRÜGERL
MOSTSCHNITT NICHT GENUG UND GÖNNT SICH EINEN
VOGELBEERSCHNAPS

DIESER HAT EINEN ZARTEN MARZIPANGESCHMACK
EIGENWILLIG   INTERRESSANT   GUT

NUR 20 MINUTEN SIND HIER EINKALKULIERT
EIN GEWITTER NAHT

UM 13:50UHR IST DIE WEITERFAHRT GEPLANT

VM LÄSST NUN ANDY FAHREN   ERSTENS WEIL ER ETWAS
GETRUNKEN HAT UND WEIL ER SICH JETZT MAL AUSRASTEN
UND ENTSPANNEN MÖCHTE

IMMER WIEDER GILT ES AUGENBLICKE ZUR RUHE ZU NUTZEN

DAS WIRD FÜR VM ÜBERLEBENSWICHTIG SEIN SOWIE

IN DEN   WICHTIGEN MOMENTEN   VOLL DA ZU SEIN

KEINER KANN   PAUSENLOS   PAUSENLOS   SEIN

EIN ERREICHTES ZIEL   SCHEINT PLÖTZLICH   NUR MEHR
EINE   STATION   GEWESEN ZU SEIN

DER WEG MUSS DAS ZIEL SEIN

WER SICH ZU SEHR IN DETAILS VERLIERT
VERLIERT DEN ÜBERBLICK

ÖFTER ALS   WAS   SOLLTEN WIR UNS FRAGEN   WIE
WIR   ETWAS ERLEBT HABEN

VON DER HOHEN WAND GEHT ES MIT DEM MUSTANG CABRIO
ZUR RÖMERTHERME BADEN   BADEN

DIE STUNDEN VERFLIEGEN   DIE FLIEGEN VERSTUMMEN

AUF DER GLASSCHEIBE DES CABRIOS

ES IST 14:20 UHR   PARKPLATZ RÖMERTHERME

000000022 312 VM SEKUNDEN SIND BISHER VERGANGEN

AUS FILMRECHTLICHEN GRÜNDEN HAT MAN DIE HALBE
THERME ABGESPERRT   NUR AUF EINER SEITE WIRD GEFILMT

RECHTSSTREITIGKEITEN WEGEN WAHRUNG DER
PRIVATSPHÄRE KANN MAN SO AUS DEM WEG GEHEN

ÜBER DEN WEG LAUFEN WIRD VM HIER HERBERT NITSCH

TAUCHER APNOE WELTREKORDE VON 253 METER TIEFE
MIT EINEM ATEMZUG   UND TAUCHZEITEN VON ÜBER NEUN
MINUTEN   MACHEN IHN ZU EINEM SUPERSTAR IN DER
APNOESZENE

ER ERZÄHLT VIDEOMAN VON SEINEN REKORDEN

VM FORDERT IHN UND SEINE ZUSEHER   ZU EINEM
BEWERB HERAUS

WER SICH MIT NIEMAND MISST   IST ZWAR
UNBESIEGT   HAT ABER AUCH NOCH NIE
GEWONNEN

DIE HERAUSFORDERUNG VON VM LAUTET

BEIDE BEREITEN SICH 3 MINUTEN VOR
DANN HOLEN BEIDE TIEF LUFT

VM DARF EINMAL AUFTAUCHEN DREI ATEMZÜGE LUFT
SCHNAPPEN MAX 10 SEKUNDEN LANG

HERBERT NITSCH VERSUCHT MIT EINEM ATEMZUG
UNTEN ZU BLEIBEN

DIE ZUSEHER DÜRFEN DREIMAL DIE LUNGEN MIT DREI
SCHNAPPERN LUFT AUFFÜLLEN

10 - 9 - 8 - 7 - 6 - 5 - 4 - 3 - 2 - 1

HERBERT NITSCH TAUCHT ERST NACH 7 MINUTEN AUF

VIDEOMAN SCHAFFTE 6:30 MINUTEN MIT SEINEN ZWEI
TAUCHGÄNGEN

UND IHR ? VM HAT EINE APNOEBESTZEIT VON 4:20 MINUTEN

UNTRAINIERTE BEKOMMEN AB 3 MINUTEN
LEBENSBEDROHLICHE PROBLEME

LEBENSBEDROHLICH WAR DAS STICHWORT FÜR VM

DER GEIST IST DAS SCHÖPFERISCHE WESEN WELCHES DIE
VERBINDUNG ZU DINGEN UND MENSCHEN SCHAFFT

DER KREATIVE GEIST VOM ERSTEN VM SAH EIN PROBLEM
UND SUCHTE EINE LÖSUNG

IM VORFELD LIES ER DARAN ARBEITEN

DIE VM-LIFE-JACKET

SIE IST EINE GROSSE AUSDEHNBARE SCHWIMMWESTE MIT
EINGEBAUTEM GPS SENDER

DIESE INNOVATIVE ÜBERLEBENSWESTE IST MIT EINEM
PFEIFERL EINEM SALZWASSER-SALZGEHALTREDUZIERER

UND REINSCHLUPFBAREN ARM UND BEINTEILEN
AUSGESTATTET

AN DEN SCHULTERN UND AM UNTEREN RAND SIND DIESE
AUFFALTBAR UND EIN WENIG AUFBLASBAR FIXIERT

DIESE ARM UND BEINTEILE SIND HÜLLEN DIE ÜBER DIE
EXTREMITÄTEN GEZOGEN WERDEN KÖNNEN

AUFGEBLASEN ERGEBEN SIE EINE SCHÜTZENDE ISOLIERENDE
HÜLLE

AN FIXVERNÄHTEN STELLEN SIND SIE MIT DER JACKE
VERBUNDEN   IM HINEINGESCHLUPFTEN ZUSTAND KANN MAN
SIE MITTELS SPEZIELLEN REISSVERSCHLÜSSEN RELATIV
DICHT BEKOMMEN

SO KANN EINGESCHLOSSENES WASSER SICH ERWÄRMEN UND
DIE LUFTSCHICHT ALS ISOLATIONSFLÄCHE GENUTZT WERDEN

DAS EINGEBAUTE   AUSGEKLÜGELTE
SCHLÄUCHE FILTER SYSTEM IST AUF OSMOSEEFFEKT
AUFGEBAUT

ES DIENT DAZU UMGEBUNGSWASSER SO WEIT TRINKBAR ZU
MACHEN DAS ES VERTRÄGLCH WIRD

DER SALZGEHALT VON MEERWASSER KANN SOWEIT
REDUZIERT WERDEN DASS MAN DAVON NICHT DEHYDRIERT

BEI DEN VERSUCHEN IN DER TESTPHASE TRANK VIDEOMAN
EINEN SCHLUCK VOM GEFILTERTEN MEERWASSER

SEIN FAZIT "ES SCHMECKT NACH PLASTIK ASCHE SCHAL
LEICHT SALZIG   MEIN LIEBLINGSGETRÄNK WIRD ES NICHT"

ABER WIE SAGTE ER AUCH   WENN ICH DAMIT ÜBERLEBEN
KANN TRINKE ICH ES   SOGAR GERNE

IN DER NOT FRISST DER TEUFEL SOGAR FLIEGEN

DIE WESTE GIBT ES IN ZWEI AUSFÜHRUNGEN

LIGHT   UND COLD WATER

SIE UNTERSCHEIDEN SICH IN DER DICKE DER
ISOLIERSCHICHTEN

HERBERT NITSCH UND VIDEOMAN MACHEN EINEN PRAXISTEST
VON DEN ÜBERLEBENSWESTEN

BISLANG HAT MAN ERST 300 VON DIESEN WESTEN
PRODUZIERT

SIE SIND RELATIV KOSTENINTENSIV UND SO WILL MAN
ABWARTEN WIE DIE NACHFRAGE IST

OB PRIVATE BOOTBESITZER ODER VIELLEICHT SOGAR
KREUZFAHRTLINIEN ZUSCHLAGEN UND DAMIT DAS
SICHERHEITSANGEBOT IHRER GÄSTE ERHÖHEN

BEI GRÖSSEREN BESTELLMENGEN IST SCHON EIN
VORVERTRAG MIT EINEM WERK IN CHINA ABGESCHLOSSEN

WENN NUR EIN MENSCHENLEBEN MEHR DAMIT GERETTET
WERDEN KANN HAT DIE VERWIRKLICHUNG DIESER IDEE
SCHON EINE DASEINSBERECHTIGUNG

DER WELTREKORDLER HAT 3:20 MINUTEN BENÖTIGT UM SIE
IM WASSER SCHWIMMEND   ALS ÜBERLEBENSHÜLLE
ANZULEGEN UND AUFZUBLASEN

WIE FAST ALLES IST DIE VM-LIFE-JACKET IN VM STYLING ZU
HABEN

OB DIESES ÜBERLEBENSSYYTEM ERFOLGREICH WIRD ZEIGT
DIE ZUKUNFT

UNTER 2 MINUTEN FÜR DIE VOLLE ENTFALTUNG UND WIRKUNG
SCHAFFTE ES AUCH NACH VIELEN VERSUCHEN NIEMAND

IN TESTS MIT KAMPFSCHWIMMERN ZEIGTE SICH DASS ES SICH
BEWÄHRT   OB ES ABER   EINEM DICKEN 150KG MENSCH IM
EISWASSER HELFEN KANN IST FRAGLICH

WER GROSSES VERSUCHT IST BEWUNDERNSWERT
AUCH WENN ER SCHEITERT

DIESE SCHWIMMWESTE ZU KREIEREN   WAR EIN
GEDANKENBLITZ VON VM

DER GEDANKE KAM IHM ALS ER AUF DEM WEISSENSEE BEI
NUR 14° CELSIUS WASSERSCHIFAHREN TRAINIERTE

WENN DER GEDANKENBLITZ ZUSCHLÄGT HINTERLÄSST ER
IM GEHIRN   BOMBENSTIMMUNG   IN DER SICH DIE SYNAPSEN
ERST WIEDER   FINDEN UND SORTIEREN MÜSSEN

SO GESEHEN IST ES NICHT VERWUNDERLICH DASS ERST DAS
FÜNFTE   VERSUCHSMODELL ERFOLGSVERSPRECHEND WURDE

VM UND HERBERT NITSCH   VERABSCHIEDEN SICH MIT DEM
VERSPRECHEN SICH HEUER NOCH ZWEIMAL   AN SCHÖNEN
PLÄTZEN IM WASSER ZU TREFFEN

AN EINEM TIEFEN SEE UND EINMAL AM MEER

GENAUE TERMINE SIND SCHON GEPLANT WERDEN ABER
NICHT VERRATEN ES SOLL JA IMMER SPANNEND SEIN WAS
GERADE PASSIERT

WIE HEISST ES SO SCHÖN

NUR WENIGE WISSEN VIELES

KEINER WEISS ALLES

ABER VIELE WERDEN IMMER ALLES BESSER WISSEN

EINES KANN MAN ABER MIT BESTIMMTHEIT SAGEN
VIDEOMAN HAT EIN TOLLES TEAM

JETZT WO DER DRUCK VOLL DA IST DA ALLES IMMER
LIVE IST ZEIGT SICH DASS SIE SICH BEWÄHREN

BEI LIVE AUFNAHMEN HAT MAN IMMER NUR EINE CHANCE

VIDEOMAN HAT DEN VORTEIL DASS ER SELBST UND MEIST
NOCH ZWEI ANDERE AUS ANDEREN BLICKWINKELN FILMEN

BISWEILEN HAT MAN VOM ERSTEN TAG GESAMT SCHON ÜBER
60 STUNDEN FILMMATERIAL

OBWOHL ES ERST 15:20 UHR IST WIRD SCHON EIFRIG AN DEN
TAGES HIGHLIGHTS GEARBEITET

AB 16:00 UHR BLENDET MAN SOGAR AUF EINEM KLEINEN
BILDSCHIRM AM RECHTEN ECK OBEN TAGESHIGHLIGHTS EIN

MEIST MACHT MAN DIES WENN ES FÜR ZUSEHER LANGWEILIG
SEIN KÖNNTE

VIELE DIE IN IHRER WIRKLICHKEIT NICHT ZUFRIEDEN SIND

WERDEN GLÜCKLICH SEIN SICH VIDEOMAN ANSEHEN ZU
KÖNNEN

ER ERLEBT EIN AUFREGENDES LEBEN IN DEM ER SICH ALL
SEINE TRÄUME VERWIRKLICHT

FAST STÄNDIG SIEHT MAN IHN GLÜCKLICH UND ZUFRIEDEN

WER WÜRDE DAS NICHT AUCH ALLES GERNE SEIN LEBEN
NENNEN KÖNNEN

OFT ABER TÄUSCHEN WIR UNS   ODER UNS DAS LEBEN

EIGENTLICH IST DOCH MEIST ALLES VOLLER GOLD UND
DIAMANTEN WIR MÜSSEN SIE NUR SUCHEN UND FINDEN

DANN UND NUR DANN   KANN MAN SIE FINDEN

VOR ALLEM IN DEN KLEINSTEN DINGEN ODER AUCH AUF
PLÄTZEN WO WIR SIE NICHT VERMUTEN

DORT FINDET MAN SIE

DIE GRÖSSTE ENTSCHEIDUNG DEINES LEBENS
LIEGT DARIN
DASS DU DEIN LEBEN ÄNDERN KANNST

INDEM DU DEINE GEISTESHALTUNG ÄNDERST

ES IST 15:22 UHR

ABFAHRT VOM PARKPLATZ DER RÖMERTHERME BADEN

5 AUTOGRAMME GEBEND ENTSCHULDIGT SICH VIDEOMAN
FÜR SEINEN STRAFFEN ZEITPLAN UND VERTRÖSTET DIE
LEUTE DIE AUCH NOCH GERNE EINES GEHABT HÄTTEN

DIESMAL FÄHRT ER MIT EINEM LANGJÄHRIGEN FREUND MIT
FELIX HEINZ   EINEM AUTOHÄNDLER   ER BAT VM IHN
EINMAL LIVE IN EINEM SEINER AUTOS KUTSCHIEREN ZU
DÜRFEN

ER FÄHRT IHN MIT SEINEM FAST NEU WIRKENDEM
JAGUAR E TYPE   DIESES FÜNFZIG JAHRE ALTE AUTO

WURDE SO PROFESSIONELL HERGERICHTET DASS MAN
VERMUTEN KÖNNTE ES SEI GERADE PRODUZIERT WORDEN

VIDEOMAN WILL SICH ANGURTEN   FEHLANZEIGE

DIESER FORMSCHÖNE OLDTIMER HAT KEINE GURTE ABER VM
BEKOMMT VON SEINEM FREUND EINE LEDERHAUBE UND
FLIEGERBRILLEN   STILECHT

EIN KULTAUTO

ES GEHT WIEDER NACH WIEN

WIEDER SCHÖNBRUNN   ABER ÜBER DIE LANDSCHAFTLICH
SCHÖNEN WEINBERGE

DIESES AUTO WAR EINES DER SCHNELLSTEN UND STÄRKSTEN
SEINER ZEIT

IN KURVEN WILL ES JEDOCH IMMER GERADEAUS FAHREN

VIELE SIND DAMALS IN SO EINER RAKETE AUF RÄDERN
GESTORBEN   FELIX ERZÄHLT VM DAS AUCH JAMES DEAN
EINER DAVON WAR   DER MIT EINEM JAGUAR E TYPE STARB

SIE CRUISEN DURCH DIE LANDSCHAFT

DIE GEWITTER DIE UM 14:00 NIEDERGINGEN SIND JETZT
AUCH BALD ALLE VORÜBER   DIE CABRIOFAHRT VERLÄUFT
AUF FEUCHTER STRASSE   ABER VON OBEN BLEIBT ES
TROCKEN

DER HIMMEL WIRD ZUSEHENDS BLAUER UND ES WIRD WIEDER
WÄRMER   ES HAT SCHON WIEDER 28°   VOR DEM GEWITTER

WAR DIE TEMPERATUR ALS HÖCHSTWERT AUF DER VM-WATCH-ONE SOGAR MIT 31° ABZULESEN

AUGUST IST IN ÖSTERREICH MEIST EIN SEHR HEISSER MONAT

VOR DEM JAGUAR FÄHRT ANDY MIT DEM VM MUSTANG CABRIO   SUSI HOLZER FÄHRT MIT IHM

HINTER VM FÄHRT DAS VM MOBILEHOME UND DER ÜBERTRAGUNGSWAGEN   EIN RICHTIGER KONVOI

AM ARMATURENBRETT HAT FELIX EINE PLANKETTE SEINER FIRMA MONTIERT

WOHLWISSEND DAS VIDEOMAN EINE BODYCAM HAT UND SO VIELE   SEINE FIRMA AUF DIESEM WEG KENNENLERNEN ZUMINDEST DEN NAMEN

LOCKER SCHERZEND IST DIE FAHRT SEHR KURZWEILIG

OBWOHL DIES KEIN ELEMENT IST WELCHES DER FIRMA VIDEOMAN GELD BRINGT   BRINGT ES VM PERSÖNLICH ETWAS

SPASS MIT EINEM FREUND   AUGENBLICKE DER RUHE UND ENTSPANNUNG

SOBALD ER AUS DEM AUTO AUSSTEIGT WEISS ER   DASS DER VM WAHNSINN WIEDER WEITER GEHT

LACHEN UND SPIELEN MACHEN DIE SEELE GESUND

AUF DER 30 MINÜTIGEN FAHRT HABEN DIE BEIDEN VIEL GELACHT UND BEWUSST NICHT ÜBER VIDEOMAN GESPROCHEN

ES WAR WIE EINE KURZE AUSZEIT DIE SICH VIDEOMAN DA
GEGÖNNT HAT

ES IST JETZT 15:52 UHR   ANKUNFT AM PARKPLATZ
SCHÖNBRUNN

DIREKTOR HELMUT PECHLANER EMPFÄNGT VIDEOMAN AM
ZOOEINGANG

ER GIBT EINE WORTGEWALTIGE INSPIRIERENDE FÜHRUNG
DURCH DEN ERSTEN ZOO DER WELT

LUSTIG FINDET VM DIE NICHT GANZ ERNST GEMEINTE
MELDUNG VOM ZOODIREKTOR DASS ER

DIE TIERE LIEBE
SEIT ER DIE MENSCHEN   KENNENGELERNT HAT

DIR PECHLANER DER ÜBER GEWALTIGES WISSEN ÜBER DIE
NATUR UND DIE TIERE VERFÜGT ERZÄHLT VIDEOMAN DASS
ES WICHTIGER IST SICH ÜBER DAS BLÜHEN UND RIECHEN
EINER ROSE ZU FREUEN   ALS ZU WISSEN UND VERSTEHEN
WARUM SIE DAS TUT

DIE EHRLICHE LIEBE ZUR NATUR BRINGT UNS DANN OHNEDIES
DIE NEUGIERGE MEHR ÜBER SIE ZU ERFAHREN

DIE WICHTIGKEIT VON ZOOS WIRD IMMER BEDEUTENDER

DA WIR MENSCHEN DEN TIEREN STÄNDIG LEBENSRAUM
WEGNEHMEN

HOFFENTLICH TRÄGT DER VM BESUCH EIN WENIG DAZU BEI
BEWUSSTSEIN FÜR DIE WILDTIERE ZU SCHAFFEN

VIDEOMAN WIRD SICH FÜR VIELES EINSETZEN

VIDEOMAN WIRFT DEM ZUSEHER OPTISCHE UND VERBALE
STEINE VOR DIE FÜSSE

ABER AUCH DER KLEINSTE STEIN
KANN STEIN DES ANSTOSSES SEIN

WORTE UND TATEN   KÖNNEN   WORTE UND TATEN
ANDERER FOLGEN LASSEN

DIES KANN ZUR FOLGE HABEN DASS SICH AUF DER WELT
DINGE VERBESSERN

WER NICHTS MACHT   KANN ZWAR   NICHTS
FALSCH MACHEN   ABER AUCH NICHTS RICHTIG

DAS RICHTIGE ZUM RICHTIGEN ZEITPUNKT ZU MACHEN
IST EINE KUNST   ZUM GLÜCK IST VM AUCH KÜNSTLER

ABER ZU DEM THEMA GIBT ES SPÄTER EINMAL MEHR

JEDER DER SICH DIE FÄHIGKEIT BEWAHRT   SCHÖNES
ZU ERKENNEN   WIRD IM GEIST NICHT ALTERN

VIDEOMAN IST FASZINIERT VON DEN TIEREN UND DER NATUR

ER FÜHLT FÖRMLICH   WIE VERNETZT ALLES MIT ALLEM IST

WENN WIR MENSCHEN UNS SO VON DER NATUR
WEGENTWICKELN FEHLT UNS ETWAS

WIR WERDEN DER ERDE FREMDER UND WERDEN ZU EINEM
FREMDKÖRPER DEN DIE ERDE DANN ABSCHÜTTELN MÖCHTE

ERST WENN DER LETZTE FISCH GEFANGEN   DER LETZTE
BAUM GEFÄLLT   DER LETZTE FLUSS VERGIFTET   ERST DANN
WERDEN WIR MERKEN DASS MAN GELD NICHT ESSEN KANN
SAGT SCHON EIN INDIANERSPRICHWORT

ZU FUSS   MIT DEN EINZIGEN FORTBEWEGUNGSMITTELN DIE
IMMER BEI VM BLEIBEN   GEHT ER ZUM SCHLOSS HINUNTER

DER TIERGARTEN GAB EINE SCHÖNE KULISSE AB

BEI EINIGEN DROHNENAUFNAHMEN BREMSTE DIR
PECHLANER DIE FILMCREW ABER EIN   ABER ANSONSTEN
WAR ER SEHR ANGETAN VON VM UND SEINEM
NATURVERSTÄNDNIS

VIDEOMAN WEISS DASS ES VIELE ANGEBOTE GIBT
DORT ODER DA ZU FILMEN

ABER VM WEISS DASS VIELE WIE SPINNEN DARAUF AUS SIND
VM INS NETZ ZU BEKOMMEN

VM WEISS ABER AUCH   DASS ES SPINNEN GIBT DIE NICHT
EINMAL EIN NETZ ZUR JAGD BRAUCHEN

DIE VM ZIELE SIND MEIST MIT BEDACHT GEWÄHLT UND
IN ABSPRACHE MIT FÜHRUNG UND TEAM GETROFFEN

MEIST WIRD DIE ABSPRACHE MIT DEM MANAGER
SEBASTIAN BRUGGER   UND DEM VM-TV CHEF KONRAD BERL
UND VM GETÄTIGT

VM HOLT SICH AUCH GERNE DEN RAT VON SEINEM TEAM
WELCHES IHN BEGLEITET

DAS TEAM   TRIFFT   EINE GETROFFENE ENTSCHEIDUNG
JA AUCH AM MEISTEN

DIE GANZE WELT UND ALLES AUF IHR   KÖNNTE VIDEOMAN
POTENZIELL ZUR BÜHNE MACHEN

ES GIBT JEDOCH SO VIELES AUF DER WELT
ABER AUCH SO VIELES   WAS MAN NICHT BRAUCHT

VIDEOMAN IST TOLERANT

DIE TOLERANZGRENZE   IST BEI IHM   WIE AUCH BEI UNS
ALLEN   GRÖSSER   BEI DEM VERDACHT   DIE ANDEREN
KÖNNTEN RECHT HABEN

ES GIBT NICHT VIELES WAS ER KATEGORISCH AUSSCHLIESST

NICHTS MENSCHLICHES IST VM FREMD

FREMD   IN DIE FREMDE WIRD ES IHN ZIEHEN

DER ANFANG IST JEDOCH BEWUSST ZU HAUSE

SEINE HEIMAT   EIN WUNDERSCHÖNER PLATZ AUF DER ERDE

VIDEOMAN HAT SCHON VIELE LÄNDER ZUR BERUHIGUNG
SEINES FERNWEHS BEREIST

ERKANNT HAT ER DABEI   DEN WERT VON HEIMAT

HEIMAT   IST MEIST KEIN ORT

HEIMAT IST EIN GEFÜHL

WIE WENN EIN STEIN ZU EINER BLUME SAGEN WÜRDE
ICH WILL VERÄNDERUNG   UND SCHON   FLIEGT ER DAVON

SO FLIEGT VIDEOMAN SEINER WURZELN WOHL BEWUSST
ÜBERRASCHEND VON SEINER HEIMAT AUSGEHEND
VON LAND ZU LAND

WAHRSCHEINLICH WIRD ES EIN LANGER FLUG

SEHR GERNE ZU HAUSE ZU SEIN   UND   DENNOCH
FERNWEH ZU HABEN   SCHEINT EIN WIDERSPRUCH
ZU SEIN   DER SICH BEI JEDER HEIMKEHR
WIEDER AUFLÖST

SEIN GLÜCK KANN ER AUF SEINER REISE NICHT ERZWINGEN

GLÜCK IST WIE FURZEN ERZWINGST DU ES
KOMMT WAHRSCHEINLICH SCHEISSE HERAUS

MAN KANN ABER GUTE RAHMENBEDIENUNGEN SCHAFFEN

ALLES ALS FASZINIEREND UND WUNDERBAR ZU
SEHEN

SICH STAUNEND UND WOHLGELAUNT DURCHS LEBEN
ZU BEWEGEN

ERHÖHT DIE WAHRSCHEINLICHKEIT ENORM GLÜCK
ZU FINDEN

VM VERSCHWENDET SEINE ZEIT NICHT MIT ZURÜCKBLICKEN

IN DIESE RICHTUNG GEHT ES NICHT

SCHLOSS SCHÖNBRUNN   PRACHTVOLL   SCHÖN
DAMALS FÜR DEN ADEL   HEUTE FÜR ALLE

FOLGENDES SOLLTEN WIR UNS IMMER VOR AUGEN FÜHREN

IN MITTELEUROPA   IST SEIT 60 JAHREN KEIN KRIEG MEHR

ES IST EINE GNADE DER GESCHICHTE UND GEBURTSORTES
IN SO EINER ZEIT   LEBEN ZU DÜRFEN

WÄRE VIDEOMAN IN EINER ANDEREN ZEIT GEBOREN
WÜRDE ER SEINE KRÄFTE UND FÄHIGKEITEN
WOHL   ANDERS NUTZEN   ODER   SIE WÜRDEN IHM
VIELLEICHT GENOMMEN WERDEN

WAS WÄRE   WEISS MAN NICHT

MAN WEISS IMMER NUR WAS IST

DA FÄHRT EIN FIAKER MIT EINER SCHÖNEN KUTSCHE VOR
EINE KURZE STILVOLLE FAHRT ZUM EINGANG DES
SCHLOSSES

ES IST WUNDERSCHÖN ANZUSEHEN WIE HISTORIEFANS
IN ALTEN EDLEN KUNSTVOLLEN ROBEN DEN WEG SÄUMEN

NUN IST AUCH WIEDER DAS WETTER WIE DIE UMGEBUNG
PRACHTVOLL

VM FÜHLT SICH ALS WÜRDE ER EIN ZEITFENSTER
VERLASSEN ALS ER VON DER KUTSCHE STEIGT

DIE SCHLOSSFÜHRUNG IST MIT EINER HALBEN STUNDE
ANGESETZT

NATÜRLICH SIEHT MAN IN SO KURZER ZEIT NUR TEILE UND
AUSSCHNITTE VOM PRACHTBAU

ABER VERMEINTLICH DIE SCHÖNSTEN

DIE HERRSCHER ERKANNTEN FRÜHER WIE HEUTE OFTMALS
NICHT WIE ES IHREM VOLK WIRKLICH GEHT

AUF KOSTEN ANDERER LÄSST ES SICH MEIST NUR
SCHEINBAR GUT LEBEN   ABER AUF DAUER
GEHT EINE UNGLEICHE RECHNUNG NIE AUF

NUR SELTEN TRAUEN SICH MENSCHEN VORGESETZTEN
ODER MÄCHTIGEN ZU SAGEN WAS RICHTIG ODER FALSCH
IST ODER WÄRE

EINEN STANDPUNKT ZU VERTRETEN ERFORDET
CHARAKTER

IN SCHWEREN ZEITEN UMSO MEHR

IN DER HEUTIGEN ZEIT IST ES MEIST LEICHTER ABER ES IST
EBEN NICHT ÜBERALL SO WIE BEI UNS

VIDEOMAN UND SEIN TEAM SIND SICH DESSEN BEWUSST

IN MANCHEN LÄNDERN IST DAHER VORSICHT ANGEBRACHT

DIESE VORSICHT JEDOCH SOLL NICHT ZU SEHR
EINSCHRÄNKEN WOFÜR VIDEOMAN STEHT

FREIHEIT FREUDE ABENTEUER SPASS RECHT
GRUNDWERTE.......GERECHTIGKEIT .....

LÄSST SICH DASS IN EINEM LAND ÜBERHAUPT NICHT LIVE
VORLEBEN

IST EIN REGIME ÜBERHAUPT NICHT VEREINBAR MIT DEM
WERTE UND KULTURVERSTÄNDNIS VON VIDEOMAN

SO WIRD ES NICHT BEREIST   SEI ES NOCH SO SCHÖN

DER ERFOLGSHUNGRIGE GEIST VON VM   VERSUCHT SEINEN
HUNGER   MIT SCHÖNEN BILDERN   INFORMATIONEN   UND
ABENTEUERN   ZU STILLEN

FAST DIE GANZE WELT   KANN ZUM SPIEL UND SCHAUPLATZ
VON VM WERDEN

JEDER KANN DABEI ZUSEHEN   MANCHE IM VORBEIGEHEN
MANCHE FAST IN DAUERSCHLEIFE

SCHÖNBRUNN IST EIN SCHÖNER SPIEL UND SCHAUPLATZ
DER EINST DAS ZENTRUM DER ÖSTERREICHISCHEN
MONARCHIE WAR

FAST ALLES HAT ZWEI SEITEN

VM VERSUCHT SICH NATÜRLICH IMMER VON SEINER
BESTEN SEITE   ZU ZEIGEN

WENN MAN STÄNDIG BEOBACHTET WIRD   FÄLLT ES EINEM
LEICHTER IMMER EIN GUTER MENSCH ZU SEIN

FALLS   VM   GUT LÄUFT WIRTSCHAFTLICH GESEHEN
IST GEPLANT NAHMHAFTE BETRÄGE   FÜR LIVE
VORGESTELLTE SINNVOLLE PROJEKTE   ZU SPENDEN

VOR ALLEM HUMANITÄRE UND ÖKOLOGISCHE PROJEKTE
SIND ANGEDACHT

TUE GUTES UND ZEIGE ES AUCH

DIE VORBILDWIRKUNG EINKALKULIEREND KANN VM
JAHR FÜR JAHR MEHR POSITIVES BEWEGEN

VIDEOMAN VERSUCHT SEINE FREUDE SEIN GLÜCK
ZU TEILEN

FREUDE UND GLÜCK WERDEN NICHT WENIGER
WENN MAN ES TEILT
IM GEGENTEIL

VIDEOMAN VERSUCHT BEI VIELEN GELEGENHEITEN SEINEN
GUTEN CHARAKTER ZU ZEIGEN

WENN DU DEN WAHREN CHARAKTER VON JEMAND
KENNENLERNEN WILLST SO GIB IHM MACHT
UND DIE KONSEQUENZLOSIGKEIT
SEINER HANDLUNGEN IN AUSSICHT

ES IST 17:20 UHR

DIE INTERESSANTE FÜHRUNG IM SCHLOSS IST ZU ENDE

JETZT ZIEHT SICH VM ZÜGIG UM NOCH EINE LEDER
JACKE ÜBER EIN VM FREIZEITOUTFIT

NUN GEHT ES MIT DEM VM MOTORRAD IN RICHTUNG PRATER

DAS VM MOTORRAD IST VON KTM GESPONSERT

ES IST EIN NEUES EXC MODELL VON 2008

DIESE SIND IM MOMENT DER MASSTAB IN DER
ENDUROSZENE

DIE 450 EXC R IST EINES DER 3 VIDEOMANMODELLE

LEICHT AGIL UND DOCH SEHR KRAFTVOLL SCHLÄNGELT
SICH VM DAMIT DURCH DIE STRASSEN UND GASSEN IN WIEN

DIE 25 MINUTEN FAHRTZEIT WERDEN VON VIDEOMAN
MITTELS HELMKAMERA UND BODY CAM AUFGEZEICHNET

DIE ERSTEN FÜNF MINUTEN FLIEGT AUCH EINE DROHNE
VOM SCHLOSSGELÄNDE   RICHTUNG PRATER MIT

ANDY FÄHRT AUF DEM LEICHTEREN MODELL 250 EXC F
HINTER VM HER UND FILMT EBENFALLS MIT EINER
BODYCAM

MOTORRADFAHREN IST GEFÄHRLICH   OFT MUSS MAN DABEI
FÜR DIE ANDEREN VERKEHRSTEILNEHMER MITDENKEN

WIE SO OFT IM LEBEN SOLLTE MAN ABER NICHT
NACH SONDERN VOR DENKEN

VORRAUSSCHAUEND   DENKEN UND HANDELN

MEIST SCHÜTZT DER BRUSTPANZER DER
SELBSTLIEBE   BESSER
ALS HELM UND PROTEKTOREN

DAS RICHTIGE DOSIEREN VON GEFAHR UND RISIKO
SIND DIE WÜRZE   IM LEBEN

DIE FALSCHE REZEPTUR DAVON KANN DIR DEIN LEBEN
GEHÖRIG VERSALZEN

DER KOPF VON VIDEOMAN WILL OHNEDIES DASS ER AM
SICHEREN WEG BLEIBT

VM LÄSST SICH NICHT VON SEINEN PROBLEMEN TREIBEN
ER LÄSST SICH VON SEINEN TRÄUMEN BEFLÜGELN

EIN GUTES LEBENSGEFÜHL IST FÜR IHN
ERSTREBENSWERTER

ALS GELD UND ERFOLGSZAHLEN

DIES WILL ER BEI VIDEOMAN AUCH ZEIGEN

DER UMGANG VON VM MIT ANDEREN IST GEPRÄGT VON
RESPEKT ACHTSAMKEIT UND FREUDE

WIE INNEN SO AUSSEN

WAS WIR IN DIE WELT SENDEN SENDET UNS DIE WELT
WIE EIN SPIEGEL ZURÜCK

WENN WIR VERBISSEN NACH DEM LEBENSSINN SUCHEN
VERPASST UNS DIE UMWELT GERNE EINEN MAULKORB

DIESEN MAULKORB ZERREIST VM MIT SEINER OFFENEN
DIREKTEN UND EHRLICHEN ART

DEN NEID EINIGER KANN MAN NICHT VERHINDERN

EINZELNE DAVON IN DER GROSSEN MENGE VON FANS
IGNORIERT VM EINFACH

VIDEOMAN VERSUCHT SICH SO OFT WIE MÖGLICH
IN EINEM ZUSTAND DES GLÜCKS AUFZUHALTEN

AUF ZU AUF ZU HALTEN HALTEN

DAS LEBEN IST EIN AUF UND AB

HINZUFALLEN IST KEINE SCHANDE
NICHT WIEDER AUFSTEHEN SCHON

ABER   MIT ZIELEN VOR AUGEN SIND DIESE
LEICHTER ZU ERREICHEN

GLÜCK IST   WENN DAS HERZ ATMET
DER VERSTAND TANZT
UND DIE AUGEN LIEBEN

VM LIEBT SEIN VM LEBEN

ER HAT ES SICH   SO ZUSAMMENGESTELLT

SCHON HEUTE   AN SEINEM ERSTEN TAG IST ER SICH SEINES
GLÜCKS BEWUSST

ER FREUT SICH   AUF DIE KOMMENDEN   STUNDEN   TAGE
MONATE

ES IST   17 : 50 UHR

DIE VM UHR ZEIGT 0000000000034 912

SEIT DEM VIDEOMAN STARTSCHUSS

VM HAT DEN ZIELORT DES ERSTEN ABENDS ERREICHT

DEN WIENER PRATER

ABWECHSLUNGSREICH WERDEN SICH DIE NÄCHSTEN DREI
STUNDEN GESTALTEN

ALS ERSTES WIRD VM DAS WIENER RIESENRAD NUTZEN
UM DEN ZUSEHERN WIEN ZEIGEN ZU KÖNNEN

DIESES WAHRZEICHEN VON WIEN IST EINES DER ÄLTEREN
ATTRAKTIONEN IM 250 JAHRE ALTEN VERGNÜGUNGSPARK

DAS RIESENRAD MIT EINEM DURCHMESSER VON 61 METERN
BENÖTIGT FÜR EINE RUNDE ETWAS MEHR ALS 4 MINUTEN

VIER AUS SEINEM TEAM FAHREN IN DER GONDEL MIT VON
OBEN HABEN SIE EINEN HERRLICHEN ÜBERBLICK AUF WIEN

DIESMAL SIND SUSI DER VISUELLE AUFPUTZ
BERNHARD DER PHYSIO   HUBERT   NATÜRLICH MIT
KAMERA   UND   ILONA DIE MARKETINGLADY DABEI

DIESMAL FLIEGT CHRIS HUBACEK DIE DROHNE MIT DER
KAMERA

EINE SONDERFLUGGENEHMIGUNG VORRAUSGESETZT DARF
ER DAMIT SOGAR EINMAL DURCH DIE SPEICHEN FLIEGEND
FILMEN

DIESE BLICKWINKEL AUF DEN PRATER UND SEINE
ATTRAKTIONEN SIND UNGEWÖHNLICH UND SPEKTAKULÄR

ZUM GLÜCK SPIELT DAS WETTER AUCH SO GUT MIT
VOR ALLEM AN DEN ERSTEN TAGEN IST ES GUT
WENN DAS TEAM   UND VM GUTE AUFNAHMEN FÜR DIE
TAGESHIGHLIGHTS ZUSTANDE BEKOMMEN

NATÜRLICH VERSUCHT MAN MIT TOLLEN AUFNAHMEN
DIE MENSCHEN ZU BEEINDRUCKEN

WIR ALLE SITZEN IN EINEM GROSSEN GEFÄNGNISS
DAS UNS ALLE UMGIBT
DAS GEFÄNGNISS DER ANGST
WAS ANDERE VON UNS DENKEN

SICH SELBST ZU ERKENNEN   IST JEDEM SEINE EIGENE
AUFGABE

SICH FÜR JEDEN ÖFFENTLICH ZUR SCHAU STELLEN
IST EINE DER AUFGABEN   DIE VIDEOMAN ZU
ERFÜLLEN HAT

SICH IN SO EINE   ÖFFENTLICHE EINZELHAFT ZU BEGEBEN
IST EINE SCHWIERIGE LAST

OB DIESE LAST IMMER SCHWERER WIRD ODER AUS
GEWOHNHEITSGRÜNDEN IMMER LEICHTER
WIRD   WERDEN   WIR SEHEN

VM IST SICH BEWUSST DASS DAS WORAUF ER SEINE SINNE
UND ZIELE RICHTET SEINEN WERT UND SEINE RICHTUNG
BESTIMMT

IN DEN FOLGENDEN STUNDEN MÖCHTE ER DEN PRATER
GENIESSEN

LACHEN UND SPIELEN   MACHEN DIE SEELE GESUND

VM   WILL HIER VIEL   LACHEN UND SPIELEN
VIELES ERLEBEN

DAS HÖCHSTE KARUSSEL IST SEIN NÄCHSTES ZIEL HIER AUF
DEM GELÄNDE

IM VORFELD WOLLTEN EINIGE DER BETREIBER NICHT VIEL
ODER KEIN GELD FÜR DAS VM PROJEKT SPRINGEN LASSEN

WENN JEDOCH KEINE GELDER FÜR DIESE RIESENWERBUNG
GEFLOSSEN WÄREN HÄTTE VM EINFACH EIN ANDERES ZIEL
GEWÄHLT

SO LÄUFT DAS BEI VIDEOMAN   MAN IST JA SEHR FLEXIBEL

HAT EIN ANGEDACHTES ZIEL KEIN ODER WENIG INTERESSE
SO WIRD EIN NEUES GEWÄHLT

WIE GESAGT VM HAT DIE GANZE WELT ALS MÖGLICHE
BÜHNE

DAS EIN ODER ANDERE ZIEL WELCHES JETZT NOCH NICHT
BEREIT IST WIRD ES VIELLEICHT WENN ES DIE
ZUSEHERZAHLEN HÖRT UND DIE MÖGLICHKEITEN VON
DIESEM FORMAT ERKENNT   TAGESHIGHLIGHTS
WOCHENHIGHLIGHTS   MONATSHIGHLIGHTS... IMMER
WIEDER DIE ZUGRIFFSMÖGLICHKEIT AUF VERGANGENE
SCHÖNE MOMENTE VON VIDEOMAN

VM BRAUCHT MANCHMAL EINFACH NUR GEDULD

GEDULD IST EIN BAUM DESSEN WURZEL OFT
BITTER IST   ABER SEINE FRÜCHTE SIND MEIST SÜSS

WIE SÜSS DIE FRÜCHTE DES VM ERFOLGS WERDEN
HÄNGT VOR ALLEM VON DEN EINSCHALTZAHLEN AB

AUF VM TV KANN MAN STÄNDIG LIVEBILDER UND IN
VERSCHIEDENEN ABSTÄNDEN HIGHLIGHTS BZW BESONDERE
KAMERAEINSTELLUNGEN SEHEN

ZUMINDEST ALS KLEINES BILD IST AUF VM TV DER
HAUPTAKTEUR IMMER ZU SEHEN IMMER LIVE EBEN

AUF DER VM HOMEPAGE SIEHT MAN AUCH HIGHLIGHTS
LIVESZENEN WISSENSWERTES ÜBER VM SEIN TEAM
AUSRÜSTUNG SEINE ERFINDUNGEN VERKAUFSARTIKEL
HINTERGRUNDGESCHICHTEN.........

AUF EINIGEN GROSSBILDSCHIRMEN AUF TV MONITOREN
BEIM MACDONALDS IN EINIGEN KAFFEEHÄUSERN
DIE HIGHLIGHTS ALLE VOLLEN STUNDEN

DIE PRINTMEDIEN WERDEN AUCH MIT VM STOFF GEFÜTTERT

HEUTE WIRD SOGAR AM HAUPTABEND IN DER ZIB 1
EIN KURZER BEITRAG ÜBER DAS LIVEPHÄNOMEN VM
AUS ÖSTERREICH IN ÖSTERREICH ZU SEHEN SEIN

ES GIBT SOGAR EINE 12 SEKUNDEN LIVESCHALTUNG WAS
ER GERADE ERLEBT .....

BEWEGTEN SICH DIE ZUSEHERZAHLEN IN DER FRÜH BEIM
START NOCH SO UM DIE 720 000 SO WAREN BEIM
SKYWALKSHOOTUP SOGAR 1420 000 ZUSEHER LIVE DABEI

ES GIBT NATÜRLICH AUCH VIELE ZUGRIFFE ÜBER DEN
COMPUTER

VIDEOMAN VERÄNDERT DAS ZUSEHERVERHALTEN

VIELE SCHAUEN KURZ REIN OB ER GERADE ETWAS
INTERESSANTES ODER SPANNENDES FÜR SIE ERLEBT

VIELE MACHEN DIES 5 BIS 10 MAL AM TAG MANCHE
SOGAR VIEL ÖFTER

VIELE ZAPPEN BALD WEITER EINIGE BLEIBEN 20 MINUTEN

ES ALLEN RECHT ZU MACHEN IST EINE KUNST DIE NIEMAND
KANN

EINE FACEBOOK SEITE WIRD FÜR VM BETREUT

VM WILL VIELE FREUNDE HABEN IN DER ECHTEN UND DER
VIRTUELLEN WELT

DREI FREUNDE SIND VM SEHR WICHTIG

SIE HEISSEN MUT VERSTAND UND HUMOR

OB VIDEOMAN DIE ZUKUNFT GEHÖHRT WEISS KEINER
ABER EINER WIE ER FINDET SIE SICHER LEICHTER IN
DER GEWÜNSCHTEN FORM

IM GOLDENEN KÄFIG DER ÖFFENTLICHKEIT LEBEND WIRD
VIDEOMAN MIT ANERKENNUNG GEFÜTTERT

ER BEKOMMT SEHR VIEL FUTTER

ER SELBST MUSS DARAUF ACHTEN NICHT ZUVIEL DAVON
ZU BEKOMMEN

DAS LEBEN BIETET SO VIEL

VM MUSS DARAUF ACHTEN NICHT ZU VIEL ZU WOLLEN

VM FINDET UND TRIFFT SEIN NÄCHSTES ZIEL
EINE BLUME IN DER SCHIESSBUDE

JETZT NOCH QUASI IM VORBEIGEHEN DREI SCHLÄGE AUF EINE BOXKUGEL AUS LEDER BEI EINEM AUTOMAT

BEI ALLER HÄRTE MIT DER ER ZUSCHLÄGT BLEIBT DABEI SEIN FOCUS AUF EINE GERADE SAUBERE SCHLAGTECHNIK

ER WILL KEINE HANDVERLETZUNG PROVOZIEREN

ALS NÄCHSTES STEHT EINE HOCHSCHAUBAHN AUF DEM PROGRAMM

NATÜRLICH VOR DEM ESSEN

AUFS ESSEN FREUT ER SICH SCHON EINE STELZE UND EIN ZWEI BUDWEISER IM SCHWEIZERHAUS

UM 19:30 UHR IST DORT DER TISCH RESERVIERT

VORHER STEHT NOCH EINE GEISTERBAHN UND EINE FURCHTEINFLÖSSENDE LOOPINGBAHN AUF DER TO DO LISTE

DER DRUCK VOR DER KAMERA KEINE ANGST ZEIGEN ZU WOLLEN ZAUBERT IHM EIN VERLEGENES LÄCHELN INS GESICHT ABER DER ZUSEHER SIEHT AUCH SEINEN STEIGENDEN PULS UND WEISS FOLGLICH WIE ES IN IHM AUSSIEHT

80 HERZSCHLÄGE BEIM START UND 120 IM LOOPING ZEIGEN DIE WIRKUNG DES ÄUSSEREN AUF DAS INNERE VON VM

DEN HÖCHSTEN PULSWERT ERREICHTE ER HEUTE ALS ER ZU SCHNELL PETER HABERLER IM KLETTERSTEIG NACHGESTIEGEN IST

ZUM GLÜCK NAHM ER DA DAS TEMPO HERAUS ALS DAS
HERZ BEIM KOPF ANKLOPFTE UND DAMIT SAGTE SCHALTE
DICH EIN

VM HAT BEIM SPORT SCHON OFT GEMERKT DASS ER SICH DIE
KRAFT RICHTIG EINTEILEN MUSS

DEN KURZFRISTIGEN TEMPOFEHLER HAT ER HEUTE BALD
ERKANNT UND DARAUF REAGIERT

WER ABER AUS FEHLERN NICHT LERNT IST
GEZWUNGEN SIE ZU WIEDERHOLEN

ALS VM AUS DER LOOPINGBAHN KOMMT IST ER UMRINGT VON
GROSSEN UND KLEINEN FANS

VIELE WOLLEN JETZT GERADE AUTOGRAMME

EINES DER KINDER FRAGT IHN WARUM ER DAS ALLES MACHE

UND OB ER GLAUBT DASS ES EINE SCHÖNE ZEIT FÜR IHN ALS
VM SEIN WIRD

VM ERZÄHLT DEM JUNGSPUND DASS ER SICH AUF DIE
KOMMENDE ZEIT SEHR FREUT UND FEST DARAN GLAUBT
DASS ES DIE ZEIT IN SEINEM LEBEN WERDEN WIRD AN DIE
ER AM LIEBSTEN ZURÜCKDENKEN WERDEN WIRD

KINDER SIND DIE BRÜCKE ZUM HIMMEL VON IHNEN KÖNNEN
WIR SO VIELES LERNEN

KINDER UND NARREN SAGEN IMMER IHRE WAHRHEIT

BEI DER WAHRHEIT GIBT ES MEISTENS
DREI WAHRHEITEN

DEINE   MEINE   UND DIE WAHRHEIT

VIEL TRUBEL UND LACHEN IST ALLGEGENWÄRTIG IN
DIESEM VERGNÜGUNGSPARK

ES GIBT ZWEI GROSSE UNTERSCHIEDE IN DER
EINSTELLUNG ZUM LEBEN

SO ALS WÄRE NICHTS EIN WUNDER

ODER ALS WÄRE ALLES VOLLER WUNDER

DIE ZWEITE EINSTELLUNG BEVORZUGT VM

WENN MAN TODERNST DAS LUSTIGE LEBEN
SUCHT
WIRD MAN ES NICHT FINDEN

VM WEISS EIN LOCKERES WORT AM RECHTEN ORT IST
WICHTIG   DAS LEBEN IST OFT VIEL ZU ZU ERNST

SICH SELBST NICHT ZU WICHTIG ZU NEHMEN WIRD BEI DEN
VIELEN FANS UND KOMPLIMENTEN ZU EINER ZUSEHENDS
SCHWEREREN AUFGABE

DEN DINGEN DEN VERMEINTLICH RICHTIGEN WERT ZU
GEBEN   WIRD ZUR KUNST

ALLES HAT DIE WICHTIGKEIT
DIE DU IHR BEIMISST

DIES WIRD VM IMMER KLARER

KLAR WIE EINE GLASSCHEIBE

„NADA ES VERDAD NADA ES MENTIRA TODO ES DEL COLOR DEL CRISTAL QUE CON SE MIRA" WIE EIN SPRICHWORT AUS DEM SPANISCHEN SO GUT BESCHREIBT   WELCHES VIDEOMAN AUSWENDIG GELERNT HAT UM ES ZUM GEEIGNETEN ZEITPUNKT ZUM BESTEN GEBEN ZU KÖNNEN

„NICHTS IST WAHRHEIT NICHTS IST LÜGE ALLES HAT DIE FARBE DURCH DAS GLAS DURCH WELCHES DU SCHAUST"

VIDEOMAN ZEIGT UNS SEINE WELT DURCH DIE GLASFARBE SEINES BLICK UND MEINUNGSWINKELS

INZWISCHEN IST ES 19:00 UHR

VM HAT DIE LOOPINGBAHN GEMEISTERT OHNE MAGENINHALT ZU VERLIEREN

DAS GEGENTEIL WÜRDE ER ABER SCHON GERNE

HUNGER MELDET SICH BEI IHM   ALS SIE BEI EINER LANGOSBUDE VORBEIKOMMEN

DA VM JETZT SO GUT WIE NIE EIN GELD EINGESTECKT HAT BITTET ER SUSI HOLZER DIE GRUPPE NACH WÜNSCHEN ZU FRAGEN UND ES MIT GELD AUS DER VM KASSE FÜR ALLFÄLLIGES ZU BEGLEICHEN

VM TEILT SICH MIT ANDY EIN LANGOS WOHLWISSEND DASS ES BALD EINE GROSSE STELZE GEBEN WIRD

DAFÜR LOHNT ES SICH   HUNGER AUFZUHEBEN UND NUR DEN HEISSEN TEIL VON IHM   ZU VERSORGEN

MANCHMAL GIBT MAN HALT KLEINEN ODER MANCHMAL AUCH GRÖSSEREN VERSUCHUNGEN NACH

WENN MAN MENSCHEN AM LEBENSENDE FRAGT WAS SIE IM
LEBEN BEREUEN SO IST OFT DIE ANTWORT
DIES ODER JENES

NICHT GEMACHT ETWAS NICHT GEWAGT ZU HABEN

VIDEOMAN IST DIES EINE WARNUNG

VM MACHT   VM WAGT

NACH DEM RIESENRAD DEM PRATERTURM
KETTENKARUSSEL MIT 117 METER HÖHE UND ZAHLREICHEN
ANDEREN ATTRAKTIONEN KOMMT NUN NACH DER
LOOPINGBAHN DIE FEUCHTFRÖHLICHE WILDALPENBAHN

DANACH DIE BLACK MAMBA EIN CHAOSPENDEL

BEI SEINEM LETZTEN ZIEL HÄTTE VM FAST DIE HALBE
LANGOS WIEDER UNFREIWILLIG HERGEGEBEN

IM GESICHT DEUTLICH FARBLOSER GEHT ES NUN PER
LILIPUTBAHN WEITER ZUM SCHWEIZERHAUS

DIE FAMILIE KOLARIK ERWARTET VM SEIN TEAM UND
3 PROMINENTE GÄSTE

FÜR 14 PERSONEN WURDE DER TISCH RESERVIERT

NEUN LEUTE VOM BEGLEITTEAM   ARMIN ASSINGER
FRANZ KLAMMER   SOWIE TONI POLSTER

MIT DIESEN DREI NATIONALHELDEN AN EINEM TISCH ZU
SITZEN EINFACH LOCKER ZU PLAUDERN HERRLICH

WENN NICHT MANCHMAL HUBERT MAUSER DER
KAMERAMANN DEN GÄSTEN FÜR NAHAUFNAHMEN FAST
VORS GESICHT FAHREN WÜRDE

KÖNNTE MAN FAST VERGESSEN DASS VM EINE LIVESHOW IST

VM WILL AUTHENTISCH SEIN IMMER GELINGT IHM DAS
NATÜRLICH NICHT

DIE DREI PROMIS SIND TV ERPROBT LEBENDE LEGENDEN

UND LEGENDÄRE MELDUNGEN LASSEN SIE NACH DEM
ZWEITEN KRÜGERL VOM STAPEL

WENN DER VERSTAND TANZT NENNT MAN ES HUMOR

DIE ANWESENDEN SIND GUTE TÄNZER

EIGENTLICH NICHT GANZ ZUFÄLLIG KOMMT HARRY
PRÜNSTER AM TISCH VORBEI

ER BLEIBT STEHEN SCHIEBT EIN PAAR MELDUNGEN ZU DEN
ANWESENDEN

DREI WITZE DIE ER ZUM BESTEN GIBT SCHLAGEN WIE
BOWLINGKUGELN AM TISCH EIN

GLÄSER UND TELLER ERZITTERN VOR LAUTER GELÄCHTER

TREFFER BEI DEN ENTSPANNUNGSMUSKELN IM GEHIRN UND
BEIM WITZGESCHMACK SIND GEGEBEN

IM LAUFE DER DESTINATIONEN IN ÖSTERREICH WIRD HARRY
PRÜNSTER NOCH DREIMAL ZU UNS STOSSEN

DAS LEBEN IST OFT VIEL ZU ERNST

LASST ES UNS GENIESSEN   WIE UND WO UND SOOFT ES UNS
IMMER MÖGLICH IST

KÖRPER UND GEIST ZU TRAINIEREN   INTERESSE AN DEINER
UMWELT ZU HABEN DAS SIND EIN PAAR DER MEILENSTEINE
FÜR EIN GLÜCKLICHES LEBEN

ES LOHNT SICH AUF DEM LEBENSWEG   DIE VIELEN KLEINEN
STEINE DES HUMORS AUFZUHEBEN

DINGE AUF DIE ES IM LEBEN WIRKLICH ANKOMMT
KANN MAN OHNEDIES NICHT KAUFEN

KLAR   IM LEBEN   DREHT SICH VIELES UM GELD
GELD IST EINE FORM VON ENERGIE

ENERGIE ZU HABEN IST WICHTIG

ENERGIE   KANN MAN AUS SO VIELEM   GEWINNEN

DAS VERGESSEN EINIGE   EINIGE SCHAUEN NUR AUF DIE
KOHLE   AUF DIE „ASCHE"

WER SEIN GEWISSEN DEM EHRGEIZ OPFERT
VERBRENNT GLEICHSAM EIN SCHÖNES BILD UM AN
DIE ASCHE DAVON HERANZUKOMMEN

ERFREUEN WIR UNS LIEBER AN SCHÖNEN BILDERN

VIDEOMAN LIEFERT SIE   AUCH EMOTIONALE

DIE EMOTIONALEN MOMENTE DIE VIDEOMAN LIEFERT
AN SO EINEM SCHÖNEN INTENSIVEN TAG SIND SEHENSWERT
VIEL GELD WÜRDE MANCH EINER ZAHLEN   WENN ER IM
SCHÖNEN AUGENBLICK VERWEILEN KÖNNTE

DIE KUNST IM LEBEN IST   ZU EINEM
JÄGER DER SCHÖNEN AUGENBLICKE   ZU WERDEN

DAS VERWEILEN IM AUGENBLICK BLEIBT UNS VERWEHRT

WENN MAN JEDOCH NICHT AUF DIE BESTE ZEIT IM LEBEN
WARTET SONDERN DIE JEWEILIGEN AUGENBLICKE ZU DEN
SCHÖNSTEN IN SEINEM LEBEN MACHT

HAT MAN EIN PAAR SCHRITTE AUF DEM WEG ZUM
GLÜCKLICHEN LEBEN GEMACHT

DIE NÄCHSTEN SCHRITTE FÜHREN VIDEOMAN ZUR TOILETTE

VM HAT EINE KLEINE NERVÖSE BLASE

BEREITS DREIMAL IM SCHWEIZERHAUS UND ZEHN MAL AUF
DEN TAG VERTEILT WAR ER AUF DER KLEINEN SEITE

DAS IST LÄSTIG VOR ALLEM WEIL ER JA STÄNDIG
BEOBACHTET WIRD

AUCH SPOTT WIRD ER DESHALB AUSHALTEN MÜSSEN

DIESES PIPIPROBLEM HAT MAN SCHON IN DEN
TRAININGSEINHEITEN GESEHEN   ERKANNT UND EINE
LÖSUNG MIT EINEM KATHEDER ANGESPROCHEN

VM LEHNTE DIES ABER AB

DA ER ES ABLEHNTE MUSS ER ES JETZT AUSBADEN

WENN DAS ZURÜCKHALTEN ZU MÜHSAM WIRD MUSS
GELEGENTLICH DIE BOTANIK HERHALTEN

MEDIALE UNKENRUFE SIND DIE FOLGE VIDEOMAN SPRICHT
ABER OFFEN ÜBER DIESES PROBLEM DASS NORMALERWEISE
ERST ÄLTERE MÄNNER BEKOMMEN

ES MACHT IHN ABER AUCH MENSCHLICHER

VM STECKT IN EINEM DRESS
ABER SUPERHELD IST ER KEINER

NEBEN SEINER KÖRPERLICHEN HÄRTE ZU SICH SELBST
ZEIGT ER ABER SICHER IM LAUFE SEINES VM LEBENS VIEL
EMPATHIE FÜR ANDERE UND DEREN SCHWÄCHEN

SCHWÄCHEN SCHWÄCHEN NUR SCHWACHE

ZU SICH STEHEN WIE MAN IST   BRINGT EINEM VIEL

MAN KANN   SEINE   EINZIGARTIGKEIT AUSLEBEN

INDIVIDUELLE INDIVIDUEN ZU SEIN
BEREICHERT UNS   MIT VIELFALT

VIELFALT IST IMMER BESSER ALS EINFALT

DIE VIELFALT DER THEMEN WITZE UND GESPRÄCHE AM
TISCH IM SCHWEIZERHAUS WAR GROSS

INZWISCHEN IST ES 20:30 UHR

DIE VM UHR ZEIGT 00000000043 688 SEKUNDEN

ES IST ZEIT FÜR EINEN LOKALWECHSEL

NACH EINER KURZEN ABER HERZLICHEN VERABSCHIEDUNG
GEHT ES ZUR DONAUINSEL HINÜBER

NACH 12 MINUTEN FAHRTZEIT ERREICHT VM MIT SEINEM
TEAM DIE DONAUINSEL

DIESE STRECKE HAT ER DIESMAL IN DEM AUTO EINES
GROSSEN TAXIUNTERNEHMENS BESTRITTEN

"ZUFÄLLIG" FUHR VOR DEM TAXI EIN KLEINLASTER MIT
EINER GROSSEN WERBEAUFSCHRIFT

VON SOLCHEN ZUFÄLLEN WIRD ES IMMER WIEDER WELCHE
GEBEN

SOLCHE „ZUFÄLLE" SIND LUKRATIV ORGANISIERT

DIESE ZUFÄLLE WERDEN VON VIDEOMAN MEIST NICHT
EINMAL KOMMENTIERT ABER MIT BODYCAM
BRILLENKAMERA ODER HELMKAMERA
AUFGEZEICHNET UND IN DIE WELT GESENDET

DAS SCHNITT/ TECHNIKTEAM WEISS NATÜRLICH VON DIESEN
ZUFÄLLEN UND KANN JE NACH ABMACHUNG LÄNGER
ODER KÜRZER LIVEBILDER DAVON ONLINE SCHALTEN

ES GIBT KEINE ZUFÄLLE ALLES HAT SEINEN SINN

ÜBER WUNDER WUNDERN IST WUNDERBAR

DASS DAS UNTERNEHMEN VIDEOMAN
WUNDERBAR LÄUFT IST WUNDERBAR ABER
KEIN WUNDER

WER DIE PLANUNG UND VIELEN VORBEREITUNGEN
BEACHTET   DIE VIELEN MENSCHEN DIE DARAN ARBEITEN
DASS ES EIN ERFOLG WIRD   DER WEISS WUNDER IST ES
KEINES

VIDEOMAN IST ZWAR DER PLANER SEINER STATIONEN
DER REGISSEUR IST JEDOCH DAS LEBEN
DER CHOREOGRAF DAS WETTER UND JEDER SEINER GÄSTE

VIDEOMAN IST IN DER
SCHWEISSNAHT DES MÜSSENS   GEFANGEN

ER KANN ZWAR IMMER WIEDER DIE
SCHWACHSTELLEN DES DÜRFENS ERKENNEN

ABER ER SELBST HAT SICH JA ENTSCHIEDEN
IM   VM HAMSTERRAD ZU LAUFEN

DER MASSE AN MENSCHEN WÜRDEN BROT UND SPIELE
REICHEN

VIDEOMAN WILL ABER MEHR

ER WILL DAS SCHÖNE UND GUTE   SPANNUNG UND
ABENTEUER   VIELES WAS ES AN   INTERRESSANTEM UND
WISSENSWERTEM   IM LEBEN GIBT ZEIGEN

FAST ALLEN ANDEREN MEDIEN   SIND

BAD NEWS   GOOD NEWS

SIE ZEIGEN OFT GEWALT UND HASS   NEID KRIEG
KATASTROPHEN ELEND

DAS IST   GEISTIGE BRUNNENVERGIFTUNG

UNSER GEIST IST   EIN TIEFER BRUNNEN

UNSER GEIST ERFASST VIEL MEHR
ALS UNS BEWUSST IST

UNBEWUSSTES DENKEN MACHT SINN

WER MACHT IM SINN   HAT MACHT UNSINN

UNBEWUSSTES DENKEN IST WENN GEDANKEN UND IDEEN
SCHEINBAR VON SELBST KOMMEN

GEDANKEN SIND DAS PARADIES AUS DEM WIR NICHT
VERTRIEBEN WERDEN KÖNNEN

EIN PARADIES IST ES JEDOCH NUR BEI SCHÖNEN
GEDANKEN

DER FLUSS DER GEDANKEN ENTSPRINGT DEINEM
TIEFEN GROSSEN BRUNNEN DES GEISTES

WAS GLAUBST DU WAS DA HERAUSKOMMT
WENN DU SEHR OFT WENN AUCH IN KLEINER
DOSIERUNG   BRUNNENVERGIFTUNG BETREIBST

NIEMAND MUSS VIDEOMAN ZUSEHEN

ABER FAST JEDER KANN ES   WENN ER MÖCHTE

VM ZU SEHEN   SOLL FREUDE BEREITEN
AUSZEIT VOM ALLTAG SEIN

TROTZDEM   DASS VM NUN IN SEINEM SELBSTGEWÄHLTEN
VM HAMSTERRAD IST HAT ER FREUDE DARAN
ES IM GANG ZU HALTEN

ALLEIN DER GEDANKE   ES JEDERZEIT VERLASSEN ZU
KÖNNEN   UND DEN   VM ERSATZMANN NR 1 INS RENNEN UM
ZUSEHERGUNST ZU SCHICKEN   VERLEIHT SEINER
UNFREIHEIT   FREIHEIT

VON UNS   SPIELT JEDER   IN SEINEM LEBEN
DIE EINZIGE HAUPTROLLE

ES GIBT   FÜR UNS   KEINE
ZWEIT ODER DRITTBESETZUNG

DIE FREIWILLIGE UNFREIHEIT ÖFFNET VM DAS TOR
ZUR WISSENDEN HEITERKEIT
SEINER MÖGLICHKEITEN

SOLANGE ER KANN UND WILL NUTZT ER VIELE
MÖGLICHKEITEN   MÖGLICHKEITEN UND IDEEN HABEN
VIELE VON UNS   NUR NUTZEN WIR SIE VIEL ZU SELTEN

JETZT   IN DER COOLEN BAR   AN DER COPA KAGRANA AN
DER DONAUINSEL EINEN CAIPIRINIA

DAS LEBEN KANN SO SCHÖN SEIN

KANN SEIN DASS MORGEN IN DEN MEDIEN STEHT VM SEI
EIN SCHLECHTES VORBILD   ER TRINKT IM LAUFE DES
ERSTEN TAGES 1 SCHNAPS EINEN MOST   ZWEI BIER
UND EINEN CAIPIRINIA

VIELE VON UNS   TRINKEN GERNE   AUCH VM

EIN PROBLEM HAT ER ABER WEDER MIT NOCH OHNE
ALKOHOL

TROTZDEM IST GEPLANT ZWEI TAGE DIE WOCHE KEINEN
ALKOHOL LIVE ZU TRINKEN

VIDEOMAN SPIELT SEINE ROLLE SO WIE ER IST

ER IST   JEMAND DER GERNE GUTES ISST UND TRINKT

VM IST EIN GENIESSER

VM ERLEBT SEIN LEBEN MIT ALL SEINEN SINNEN

EIN   SINN VOLLES   LEBEN

DAS LEBEN FÜR SINNVOLL ZU HALTEN UND GESUND ZU SEIN

IST MEIST WENIGER EIN   ZUSTAND ALS   EINE HALTUNG

GEDEIHEN TUT DIESE HALTUNG VOR ALLEM   WENN MAN
SIE MIT FREUDE   FÜTTERT

ALLES FLIESST ALLES WANDELT SICH

WIR MÜSSEN UNS DEM ANPASSEN

DER FLUSS DES LEBENS IST MANCHMAL   EIN KLEINER BACH
WIRD MANCHMAL ZUM FLUSS ODER IST BEI MANCHEN
SOGAR   EIN STROM

EGAL OB BACH ODER STROM
WENN MAN DIE QUELLE   DER FREUDE UND LIEBE
ZUM UND AM LEBEN   VERSIEGEN LÄSST VERSIEGT
DER FLUSS DES LEBENS

DIESEN FLUSS BRAUCHT MAN NICHT ZU SCHIMPFEN WENN
MAN HINEINFÄLLT

MENSCHEN   ERTRINKEN OFT AN   ÄUSSERER FÜLLE
UND VERDURSTEN   AN IHRER INNEREN LEERE

WIRKLICH   ALLES   IM LEBEN ZU LIEBEN
DAS   IST DIE GROSSE KUNST

LEIDER BRAUCHT ES MEIST MEHR ALS EIN LEBEN
LANG UM ALLES IM LEBEN LIEBEN ZU KÖNNEN

ALLES   IN SEINER UNVOLLKOMMENHEIT
DANKBAR ANZUNEHMEN

DANKBAR UND GLÜCKLICH IST NICHT DER DER VIEL
HAT SONDERN DER   WELCHER ZU SCHÄTZEN WEISS
WAS ER HAT

VM IST DANKBAR UND GLÜCKLICH MIT SEINEM CAIPIRINIA

ER IST   IM HIER UND JETZT   LIVE

AUCH EIN GLAS WASSER ZUR RECHTEN ZEIT KANN
DANKBAR UND GLÜCKLICH MACHEN

SO VIELE ARTEN VON MENSCHEN ES GIBT

SO VIELE ARTEN   VON GLÜCK   GIBT ES

WENN DU DAS GLÜCK MIT DEM FERNROHR SUCHST

WIRST DU ES IN DEINER NÄHE NICHT SO SCHNELL

FINDEN

WENN DU UM DAS GLÜCK ZU FINDEN DAS TOR DER

WEISHEIT SUCHST UM DARAN ZU LAUSCHEN

KANN ICH DIR NUR SAGEN:

SCHENKE LIEBER   DEINEN TRÄUMEN

EIN OFFENES OHR

VIDEOMAN MACHT AUS DEN DÜNNEN FÄDEN SEINER

TRÄUME KLEIDER   DIE SEIN LEBEN LANGE HALTEN

IN JEDEM VON UNS SELBST   LIEGEN DIE GOLDSTÜCKE

UNSERES GLÜCKS

NACH DEN GOLDSTÜCKEN SEINES LEBENS MUSS JEDER

SELST GRABEN

NICHT NUR GOLDSUCHER HABEN TIEFSCHÜRFENDE

ERLEBNISSE

AUCH WIR ERLEBEN BEI DER SUCHE NACH GLÜCK OFT

GRÄBEN   DIE SICH AUFTUN

MANCHE VERMEINTLICHE GOLDADER ENTPUPPT SICH ALS

SACKGASSE

DAS NICHT AUFGEBEN DER SUCHE
ENTPUPPT SICH ALS ZIELFÜHREND

DER SINN DES LEBENS ENTPUPPT SICH ALS
SCHMETTERLING DER GATTUNG ZUFRIEDENHEIT

VIDEOMAN IST ZUFRIEDEN UND EIN BISSCHEN STOLZ EIN
KUNSTWERK AUF DER DONAUINSEL PRÄSENTIEREN ZU
KÖNNEN

VIDEOMAN HAT SICH BEI SEINEM HOBBY DER KUNST
DEN KÜNSTLERNAMEN STEINART ZUGELEGT

SEIT DEM JAHR 2000 HAT DER AUS STEINEN SKULPTUREN
GESCHNITZT BZW HOLZ UND STAHLARBEITEN GEFERTIGT

AUCH DER MALEREI IST ER ZUGETAN

WIE BEI SEINEN SPORTLICHEN AKTIVITÄTEN HAT ER AUCH
IN DER KUNST EINE GROSSE VIELFALT AN DEN TAG
GELEGT

IN KEINEM BEREICH IST ER EIN GENIE ABER IN VIELEN
BEREICHEN SEHR TALENTIERT

DIE KÜNSTLERISCHE ADER HAT ER VON SEINEM VATER IN DIE
WIEGE GELEGT BEKOMMEN

HIER AUF DER COPA CAGRANA HAT ER 200 METER NEBEN
EINEM DER VIELEN GASTROBETRIEBE EIN KUNSTWERK AUF
EINEM SOCKEL PLAZIERT

DIE STEINSKULPTUR IST AUS GRANIT SIE IST CA 250 KG
SCHWER UND ÜBER 2 METER HOCH SCHLANK UND
HAT OBEN DIE FORM EINES UNENDLICHZEICHENS

IN DIESE STELE   SIND RUNDHERUM FÄHIGKEITEN UND
EIGENSCHAFTEN   HINEINGESCHNITZT   DIE MAN GUT
BRAUCHEN KANN   UM   EIN GLÜCKLICHES LEBEN   FÜHREN ZU
KÖNNEN

UNTEN SIND ZWEI GROSSE SOCKEL   IN EINEM STEHT
STEINART   UND IN EINEM IST
VIDEOMAN 1   HARALD PILLHOFER   EINGRAVIERT

ES IST NOCH VIEL PLATZ FÜR DIE WEITEREN VIDEOMÄNNER

DIE SKULPTUR BEFINDET   SICH AUF EINEM
AUFGESCHÜTTETEN   DREI METER HOHEN   ERDHÜGEL

RUND HERUM LIEGEN IN KREISFORM AUFGELEGT SCHON CA
200 STEINE

JEDER DER STEINE HAT EINEN NAMEN OBEN STEHEN VON
EINER PERSON   DIE IHN DARAUF SCHREIBEN WOLLTE   UND
AN DEM KUNSTWERK MITGEBAUT HAT   AUF DIESE ART

DANEBEN IST   EIN STEINEHAUFEN UND EINIGE AN KETTEN
BEFESTIGTE PERMANENTMARKER

DIE AUSGESUCHTEN STEINE SIND ALLE WEISS UND
SCHWARZ   ABER ES HABEN AUCH SCHON EINIGE ANDERE
SIGNIERTE STEINE DAZUGELEGT

SO WIRD ES EIN KUNSTWERK   VON VIDEOMAN FÜR ALLE
VON VIELEN   UND ES WÄCHST WIE DIE ZAHL SEINER FANS

VOM 5-7 SEPTEMBER 2008 FINDET HIER HEUER AUF DER
DONAUINSEL DAS GRÖSSTE FEST ÖSTERREICHS STATT

DAS 25 MAL DURCHGEFÜHRTE   DONAUINSELFEST

ALS PROBE UND WERBUNG DAFÜR GIBT DIE E A V
ZWEI LIEDER LIVE FÜR VIDEOMAN ZUM BESTEN

ZWAR NICHT MIT DEM VOLLEN TECHNISCHEM EQUIPMENT
ABER MIT TOLLER STIMMUNG WARTEN SIE HIER AUF

DER „MÄRCHENPRINZ" UND „HEISSE NÄCHTE IN PALERMO"
ERSCHALLEN UND BRINGEN VIELE ZUM LALLEN
VOR LAUTER GLÜCK ALKOHOL UND WEIL DIE STIMMEN
IN DER STIMMUNG HALT EINMAL SO KLINGEN

PARTYSTIMMUNG

VIELE FANS VON DER EAV UND VON VIDEOMAN SIND UNTER
DEN VIELEN GÄSTEN UND SCHAULUSTIGEN

SICH SELBST UND DAS LEBEN ZU FEIERN IST TOLL

HEUTE 08 08 08 IST EIN FREITAG UND FEIERTAG

VIDEOMAN HAT BEGONNEN

JAHRELANGE VORBEREITUNGEN ENDEN IM BEGINN VON VM

FAST JEDES ENDE   IST
VON IRGENDETWAS   DER ANFANG

ENERGIE GEHT NIE VERLOREN

ENERGIE KANN NUR GEWANDELT WERDEN

VIDEOMAN STEHT MIT VIEL ENERGIE AM ANFANG

000000055 688 VM SEKUNDEN SIND SEIT DEM START
VERGANGEN

FÜR LEUTE DIE KEINE VM UHR SEHEN KÖNNEN
ES IST 23:50 UHR

EIN SEHR LANGER „ARBEITSTAG"

VM WEISS DASS ES FÜR IHN WICHTIG IST ES NICHT
ALS ARBEIT SONDERN ALS SEIN LEBEN ZU SEHEN

NUR SO KANN ER ES MIT FREUDE ERLEBEN
SEINE TRÄUME MIT LEBEN ERFÜLLEN

MIT SEINEM TRAUMHAFTEN LEBEN WILL ER AUCH ANDERE
DAZU INSPIRIEREN IHRE TRÄUME ZU LEBEN

ES GILT SEINEM LEBEN NICHT MEHR JAHRE
SONDERN MEHR LEBEN ZU GEBEN

DIESES MOTTO SOLL UNS DER LEUCHTTURM
IM MANCHMAL DUNKLEN MEER DES LEBENS SEIN

IM WISSEN DASS SEIN „ARBEITSTAG" MORGEN NICHT
ERST UM ACHT UHR BEGINNT BEENDET VM SEINEN
HERRLICH ENTSPANNTEN ABEND AUF DER DONAUINSEL

OBWOHL ER SICH VERABSCHIEDET HAT BEGLEITEN IN CA
25 HARTNÄCKIGE FANS ZU FUSS AUF DEM WEG ZUM VM
MOBILE HOME

DIESES STEHT CA 12 GEHMINÜTEN VOM LOKAL ENTFERNT
AUF EINEM BEWACHTEN GESICHERTEN PARKPLATZ

IN DEN ZWEI GROSSEN WOHNMOBILEN AM PARKPLATZ
SCHLAFEN HEUTE AUCH DIE MEISTEN VOM VM TEAM

VIDEOMAN VERABSCHIEDET UND BEDANKT SICH NOCHMALS
BEI SEINEN FANS MIT VM GRUSS UND ZEICHEN

AUCH BEI DER JETZT ABGESCHLOSSENEN TÜR KÖNNEN DIE
FANS AUF DER VM WATCH ONE BZW MIT ANDEREN
OPTIONEN SEHEN WAS SICH DRINNEN ABSPIELT ODER
NICHT ABSPIELT WENN ER SCHLÄFT

DIE FANS ERWIEDERTEN NOCH SEINEN GRUSS MIT DEN
VM GESTEN ES IST SCHON EINE RICHTIGE VM FAMILIE

DIE VM FAMILIE AN DEN BILDSCHIRMEN IST SCHON EINE
RICHTIG GROSSE

AN JEDEM TAG AN JEDEM ORT IN JEDEM LAND WIRD SIE
EINE GRÖSSERE

WIE GROSS SEINE VM FAMILIE WIRD WEISS NIEMAND

DER WEG VON VIDEOMAN IST DAS ZIEL

VM HAT HEUTE VIEL FANS GEWONNEN

VM IST EIN GEWINNER

GEWINNER WERDEN GEMACHT

VOR ALLEM VON SICH SELBST

SELBST ZU SEIN WAS WIR SIND

UND ZU WERDEN WAS WIR SEIN KÖNNEN

NUR DIE ÜBUNG DARIN BRINGT UNS ZUR
MEISTERSCHAFT

VM ERLEBTE HEUTE DEN ERSTEN TAG ALS DIESER

DER HEUTIGE TAG LEHRTE IHN VIELES

OB ER ES ALS VIDEOMAN ZUR MEISTERSCHAFT BRINGT
WERDEN WIR SEHEN

JE WENIGER MAN ZUSTANDE BRINGT DESTO KÜRZER
ERSCHEINT EINEM SEIN LEBEN

VM MÖCHTE GANZ VIEL ZUSTANDE BRINGEN

DER ANFANG IST GETAN

DER ANFANG   IST MEIST
DIE HÄLFTE   VOM GANZEN

IM VM MOBILE HOME SIND 4 SCHLAFPLÄTZE HERGERICHTET

VM UND ANDY KRAFT HABEN EINZELBETTEN VINZENZ
UND BERNHARD SCHLAFEN IN EINEM GROSSEN DOPPELBETT

JETZT IST NOCH EIN BISCHEN KÖRPERPFLEGE ANGESAGT

MAN GLAUBT GAR NICHT WIEVIEL ZAHNPASTEN UND
DUSCHGELFIRMEN FÜR DEN TÄGLICHEN GEBRAUCH
GEBOTEN HABEN

JA WENN MAN BEDENKT WIEVIEL LIVE FERNSEHZEIT SIE
BEKOMMEN IST ES JEDOCH ANGEBRACHT

WIEVIEL ZUSEHER MAN ERREICHT IST HALT NOCH EINE ART
GLÜCKSSPIEL ABER DIE MEISTEN VERTRÄGE LAUFEN
EINMAL FÜR ZWEI JAHRE

FÜR DIE NÄCHSTEN VERTRÄGE KANN MAN DANN SCHON
ZAHLEN ALS GRUNDLAGE DAFÜR HERNEHMEN WAS SIE
ZAHLEN

DUSCHEN ZÄHNE PUTZEN AB INS BETT

DAS VM MOBILE HOME IST DERZEIT FÜR CA 180 TAGE IM
JAHR ALS UNTERKUNFT GEPLANT

ANSONSTEN NIMMT MAN DIE SCHÖNSTEN
EIGENWILLIGSTEN ODER LUKRATIVSTEN
ÜBERNACHTUNGSMÖGLICHKEITEN AN

ER HAT ES ZWAR GEÜBT ABER ES IST IHM LÄSTIG
VM BLEIBT AUCH IN DER NACHT GLÄSERN
IN DER SCHLAFPHASE BLEIBT EINE KAMERA
AUF SEIN BETT GERICHTET

VM HAT STÄNDIG SEINE GROSSE VM WATCH ONE OBEN DIE
DIE WERTE AN ALLE LIEFERT

ES IST GEWÖHNUNGSBEDÜRFTIG STÄNDIG DEN LINKEN
UNTERARM VON TECHNIK UMKLAMMERT ZU HABEN

DAS RIESENDING AUF DEM UNTERARM LIEFERT STÄNDIG
DATEN STANDORT WIEVIEL PULS WIEVIEL GRAD
KÖRPERTEMPERATUR UMGEBUNGSTEMPERATUR....

GEORGE ORWELL LÄSST GRÜSSEN

VM SAGT GUTE NACHT ZU SEINEN LEUTEN IM MOBILE HOME
UND IN DIE KAMERA ZU UNS ALLEN

NACH SO EINEM AUFWÜHLENDEM ERSTEN TAG IST ES
SCHWER DEN KÖRPER UND GEIST HERUNTERZUFAHREN

DER WECKER LÄUTET UM 07:00 UHR

DER SAMSTAG 09 08 2008 IST AUCH WIE JEDER
VIDEOMANTAG VOLLGEPACKT MIT LEBEN WELCHES ES ZU
ER UND ÜBERLEBEN   GILT

VIDEOMAN IST IM MOBILEHOME AUCH MANCHMAL
NUR IN UNTERHOSE ZU SEHEN

KEINES SEINER VM OUTFITS SCHMÜCKT IHN

DOCH AUCH IN UNTERHOSEN

BLEIBT EIN KÖNIG EIN KÖNIG

WER DEN RESPEKT SEINES UMFELDS HAT BRAUCHT SICH
NICHT SO SEHR UM DIE ÄUSSERLICHKEITEN KÜMMERN

VIDEOMAN WÜRDE JETZT GERNE EINSCHLAFEN

AN SICH   RUHT ALLES IN SICH

AUSSER MAN IST   AUSSER SICH

VIDEOMAN MUSS SEINEN GEIST ERST WIEDER IN SICH
SAMMELN

BEI DEN VIELEN AUSSENEINDRÜCKEN   IST ER
ETWAS UNRUNDER GEWORDEN   UND BEKAM DELLEN

DIE LIEBENSWÜRDIGE FRAU RUHE

DIE IN DER NÄHE VON HERRN WEISHEIT WOHNT

HÄTTE ER JETZT   GERNE BEIDE ZU BESUCH

AM BESTEN   SOLLTEN SIE AUCH FRAU RUHES BRUDER

HERRN   SCHLAF   MITBRINGEN

FÜR SCHLAF HAT VM JETZT NUR MEHR
6 STUNDEN 10 MINUTEN ZEIT

DAS PROBLEM IST MEIST NICHT DER KURZE
SONDERN   DER SCHLECHTE SCHLAF

DENKEN   IST DAS SELBSTGESPRÄCH DER SEELE

DIE SEELE PLAPPERT IM MOMENT BEI VM UNAUFHÖRLICH

AN NICHTS ZU DENKEN IST EINE GROSSE KUNST

SCHRÄG VIS A VIS LIEGT ANDY

VM MERKT DASS AUCH ER NICHT SCHLAFEN KANN

FLÜSTERND FRAGT UND ERZÄHLT MAN SICH WAS MAN
FÜR DAS BESTE AM HEUTIGEN TAG HIELT

ALS DIE BEIDEN ZU LACHEN BEGINNEN PROVOZIEREN SIE
DIE MELDUNG   VON VINZENZ   DOCH ENDLICH
DEN MUND ZU HALTEN

SCHLIESSLICH WOLLEN JA ALLE VIER NOCH DEN SCHLAF
FINDEN   OHNE LANGE DANACH ZU SUCHEN

ES DAUERT WEITERE ZEHN MINUTEN BIS ES VM SCHAFFT
SICH MITTELS ATEMÜBUNGEN UND BERUHIGENDEN
PHRASEN   IN DEN SCHLAFMODUS ZU STEUERN

ES IST INZWISCHEN NACH 01:00 UHR

DIE SCHLAUE VIDEOMANUHR ERKENNT DIES   UND
MELDET   STATUS   SCHLAFEND

SCHLAFEND   ZUM ENDE   DES ERSTEN VIDEOMANTAGES

.......UND NUN ZUM ENDE DES BUCHES

DAS IST NICHT DAS ENDE

DAS IST AUCH NICHT DER ANFANG VOM ENDE

ABER

ES IST EIN ENDE VOM ANFANG

© 2021, HARALD PILLHOFER
HERSTELLUNG UND VERLAG: BOD – BOOKS ON DEMAND,
NORDERSTEDT
ISBN: 9783754302965